1825 डिनर पर आया

1825 से आया एक आदमी... और आपकी मंगळवार की सुबह में दाख़िल हो जाता है

मेट्रो हिन्दी संस्करण

contact@unreachable.lol

www.theageofinsanity.com

लेखक से सिद्धांत रूप में संपर्क किया जा सकता है।

व्यवहार में–बिलकुल नहीं।

कोई प्रेषण नहीं। कोई वापसी नहीं।

उस पाठक के लिए, जो यहाँ पूछे जा रहे प्रश्न को समझता है– और जिसे पढ़ते समय आहत होने की तलाश नहीं रहती।

यह पुस्तक आपको समर्पित है।

सामग्री

भूमिका

हर युग अपने आपको साधारण मानता है।

उसके औज़ार अदृश्य हो जाते हैं।

उसकी परम्पराएँ अनिवार्य लगती हैं।

उसकी आदतें बिल्कुल उचित प्रतीत होती हैं–क्योंकि सभी उन्हें साझा करते हैं।

लेकिन इतिहास का अपना एक अजीब हास्य है।

जो भीतर से सामान्य लगता है, वह समय के दूसरी ओर से देखते ही चकित करने वाला, कभी-कभी तो बिल्कुल विचित्र प्रतीत होता है।

यह पुस्तक एक सरल प्रश्न पूछती है:

यदि कोई ऐसा व्यक्ति हमारे समय में आ जाए, जिसने इसकी कल्पना भी न की हो, तो हमारी दुनिया उसे कैसी दिखेगी?

न इतिहासकार।

न दार्शनिक।

न कोई संदेहवादी।

1825 डिनर पर आया

बस एक साधारण मनुष्य–मेहनती, सीधा-सादा, और बिना किसी विशेषता के–जो उस युग में जीया और मर गया जब बिजली, सुविधा और विकल्प इतने प्रचुर नहीं थे कि हम उन्हें महसूस करना ही छोड़ दें।

नाथानिएल हार्ट हमें परखने नहीं आया।

वह यहाँ दुर्घटनावश आ गया।

उसके पास कोई उद्देश्य नहीं–सिर्फ उसकी आँखें।

उन आँखों के ज़रिए शायद हम वह चीज़ फिर से देख पाएं, जिसे हमने कहीं रास्ते में खो दिया है:

अपने ही बनाए संसार पर आश्चर्य करने की क्षमता।

इस कहानी को चेतावनी की तरह मत पढ़िए, न किसी शोकगीत की तरह।

इसे एक दर्पण की तरह पढ़िए।

कभी-कभी, अपने आपको साफ़ देखने का सबसे तेज़ तरीका यह होता है कि किसी और के आश्चर्य को उधार ले लिया जाए।

भविष्य कभी उतना स्पष्ट नहीं होता जितना वर्तमान हमें विश्वास दिलाता है।

स्वागत है–हमारे ही युग में, लेकिन पहली बार देखे गए रूप में।

1825 डिनर पर आया

अध्याय 1

बरामदे पर खड़ा आदमी

दुनिया तिरछी होने से ठीक पहले मेरी आख़िरी याद बस इतनी थी–मुँह में लोहे जैसा स्वाद और आसमान का अचानक बहुत पास झुक आना।

हम मकई की आख़िरी फसल काट रहे थे। पाला दो बार पड़ चुका था, और मेरी हथेलियाँ ठंड और दरांती की पकड़ से जल रही थीं। दरांती घुमाते हुए मेरे मन में एक ही ख़याल आया था–ज़मीन एक बूढ़ी औरत की तरह होती है। अगर उसके साथ नरमी से पेश आओ, तो वह कुछ न कुछ दे ही देती है, मगर हर साल यह उम्मीद करती है कि तुम उससे थोड़ा और विनम्र होकर माँगो।

फिर मेरे सीने में वह तीखी सी चुभन उठी–मानो कोई कील भीतर से बाहर की ओर ठोकी गई हो–और मेरे घुटने जवाब दे गए। मुझे बस इतना याद है कि ज़मीन से टकराते हुए मेरा शरीर ट्ट-सी आवाज़ में गिरा, और ऊँचे-ऊँचे डंठल मेरे ऊपर ऐसे खड़े थे जैसे कोई दस्ता सलामी दे रहा हो। मेरी साँस खड़खड़ाई। मैंने अपनी पत्नी को दौड़ते देखा–एप्रन उड़ता हुआ–और फिर आसमान सिकुड़कर एक सिक्के जितना हो गया और मेरे हाथ से फिसल गया।

1825 डिनर पर आया

अगली बार जब मैंने आँखें खोलीं, मैं एक ऐसे बरामदे पर सीधा खड़ा था जिसे मैंने कभी बनाया ही नहीं था, और एक ऐसे घर के सामने जिसे मैंने कभी देखा नहीं था।

वह मेरा ही घर था–और फिर भी नहीं था।

तख़्त इतने चिकने थे कि उनमें वह कोई भी छिलका नहीं था जिसे मैं पहचानता। खिड़कियाँ पिघले हीरे जैसी साफ़ थीं। दरवाज़ा एक ऐसे नीले रंग से रंगा था जिससे लग रहा था कि किसी ने ब्रश उठाने से पहले पूरे एक हफ़्ते तक सिर्फ उसके बारे में सोचा हो।

मेरे हाथ–जो मेरी पिछली याद में ठंड से अकड़े हुए थे–अब गर्म और साफ़ थे। मेरी दिल की धड़कन स्थिर थी, जैसे अच्छी तरह सुखी हुई लकड़ी पर हथौड़े की सी निश्चित ताल।

मेरे चारों ओर एक अजीब-सी गरज थी–मानो कहीं दूर कोई नदी बह रही हो, मगर पानी की नहीं, मधुमक्खियों की। बाद में मुझे पता चला कि इसे "ट्रैफ़िक" कहते हैं, पर उस पल ऐसा लगा जैसे दुनिया खुद ही शिकायत करना सीख गई हो।

मैंने नीचे देखा। मेरे कपड़े वही थे जिनमें मैं मरा था–रविवार वाली कमीज़, ब्रीचेस, और जूते जिनमें बायाँ एड़ी दाएँ से थोड़ा ज़्यादा घिसा था। मेरे पुराने घाव भी वहीं थे–सुअर काटते समय 21 में लगा चाकू का निशान, और चूल्हे की वह जलन जब मेरा पहला बच्चा पैदा हुआ था। मैंने अपने हाथ की पीठ को चुटकी ली।

1825 डिनर पर आया

दर्द ने कुछ साबित नहीं किया। जीवन और मृत्यु, दोनों ही पीड़ादायक होते हैं।

मैंने साँस ली। हवा गलत थी–कुछ जगहों पर तीखी, कहीं जली-सी, कहीं कड़वी। न धुआँ, न गोबर। कुछ ऐसा जो प्राकृतिक नहीं था–मानो कोई भट्ठी जादू से चल रही हो।

मैं मुड़ा।

आँगन वही था–और बिलकुल अलग भी। जहाँ पेड़ नहीं होना चाहिए था, वहाँ पेड़ था। जहाँ मेरा खलिहान होना चाहिए था, वहाँ कुछ न था। खेतों की जगह ऐसे घर खड़े थे जो बहुत तेज़ी और बहुत सीधी रेखाओं में बनाए गए थे, और सामने की सड़क पानी की तरह चमकती थी–जैसे तरल पत्थर को जमाकर बिछा दिया गया हो।

ऊपर तारें लटक रही थीं–खंभे से खंभे तक–लोहे के जालों की तरह। मैंने उन्हें गिना, जब तक कि सिर चकरा न गया।

एक बिंदु आता है जहाँ सोच विचार अनभिज्ञता से भी ज़्यादा ख़तरनाक हो जाता है। मैं उस बिंदु पर जल्दी पहुँच गया।

इसलिए मैंने वही किया जो कोई भी समझदार आदमी अपने ही ज़मीन पर खो जाए तो करेगा।

मैंने दरवाज़ा खटखटाया।

दरवाज़ा इतनी जल्दी खुला कि वह शिष्ट नहीं लगा। एक युवा स्त्री खड़ी थी–बिना टोपी, बिना किसी ढँकाव के–ऐसे कपड़ों में जिन्हें

1825 डिनर पर आया

मेरे ज़माने में तीन काउंटियों में चर्चा मिल जाती। उसके हाथ में एक चमकता हुआ छोटा-सा आयत था–मानो कोई पलिश किया हुआ तख़्ता जो कभी धूल से मिला ही न हो।

"अ... हाय?" वह बोली।

उसकी आवाज़ अमेरिकी थी–लेकिन वह शहर वाली नहीं जो मैंने अल्बानी में कभी सुनी थी–बल्कि असली वाली। कुछ था उसमें, जिसने मुझे थोड़ा संभाला।

"आपको शुभ दोपहर, मैडम," मैंने कहा। "मैं... कुछ भटक गया प्रतीत होता हूँ। यह जॉनसन की जगह नहीं है क्या?"

उसकी आँखें मेरे कपड़ों, जूतों और चेहरे पर घूमीं। मेरे समय के लोग देखने से कतराते थे। वह नहीं कतराई।

"ओ-के," उसने धीरे कहा, जैसे किसी चिड़चिड़े बैल को समझाने की कोशिश कर रही हो। "क्या यह... कोई चीज़ है? आप किसी शो से आए हैं? किसी ने आपको भेजा है?"

"मैं अपने साथ आया हूँ," मैंने कहा। "जो पहले काफी हुआ करता था। क्या आपके पति घर पर हैं?"

यह शब्द उसे उलझा गया। वह पीछे हटी और बोली:

"डैनियल! ज़रा यहाँ आओ! तुमको यह देखना चाहिए।"

एक आदमी आया। खून को पहचानने में मैं कभी गलत नहीं पड़ा। मेरे पिता की जवाइन, मेरी माँ की आँखें। लंबा, चौड़ा, लेकिन माथे

1825 डिनर पर आया

पर वही उलझन की लकीर जो मैं अपने चेहरे पर उन सुबहों में देखता था जब फसल का हाल दुविधाजनक लगता था।

वह मुझे देखता रहा। मैं उसे। और हम दोनों एक ही समय पर भौंहें चढ़ा बैठे।

"अ... हेलो?" वह बोला।

"शुभ दिन, जनाब," मैंने कहा। "आपके चेहरे में मेरा चेहरा है, और मुझे नहीं लगता यह संयोग है। मेरा नाम नाथानिएल हार्ट है। मेरा जन्म 1796 में हुआ और, जहाँ तक याद है, मेरी मृत्यु 1825 में– उधर–हुई थी।" मैंने उस जगह की ओर इशारा किया जहाँ खेत हुआ करते थे।

स्त्री की साँस अटक-सी गई। डैनियल ने नज़र नहीं हटाई।

"या तो यह मेरे भाइयों की अब तक की सबसे बड़ी शरारत है," वह बोला, "या मैं पागल हो गया हूँ।"

"शायद यह कोई... कृत्रिम जादू जैसा हो?" स्त्री फुसफुसाई। "जैसे कोई नक़ली... चेहरा... जहाँ वे आपके दादा का चेहरा किसी अभिनेता पर चढ़ा देते हैं?"

"वह कोई तस्वीर नहीं है, हन्ना," डैनियल बोला।

इनकी उलझन ने मुझे आश्वस्त किया। साझा पागलपन आधा हो जाता है।

"क्या आप अपने पितरों के नाम जानते हैं?" मैंने पूछा।

1825 डिनर पर आया

वह हिला। "मेरे पिता माइकल थे। उनके पिता थॉमस। उसके पिता... मुझे नहीं पता। कहीं उस पेड़ में लिखा है।"

"पेड़?" मैंने दोहराया। "काग़ज़ का पेड़?"

"कुछ वैसा ही। ऑनलाइन है। मैं दिखाता हूँ।"

वह पीछे हटा और भीतर जाने का संकेत दिया। पुरानी आदतों की उम्र सबसे लंबी होती है; मेरे जूते दहलीज़ पर थम गए।

"क्या आपको यक़ीन है?" मैंने पूछा।

हन्ना ने घबराकर हँसी। "आप हमारे बरामदे पर ऐसे खड़े हुए हैं जैसे किसी किताब से निकलकर आ गए हों। अंदर आइए।"

मैं अंदर गया।

पहली चीज़ जिसने ध्यान खींचा–यह घर किसी चीज़ की गंध नहीं करता था।

न धुआँ।

न शोरबा।

न गीला ऊन।

घर की गंध... कुछ भी नहीं–या फिर कुछ बहुत तीखा, जैसे नींबू जो कभी पेड़ पर उगे ही न हों।

दूसरी चीज़–हवा।

गर्म, पर बिना आग के। न चूल्हा। न अंगारे। कोई चीज़ इस घर के लिए साँस ले रही थी।

1825 डिनर पर आया

"आप खूब तरक्की कर चुके हैं," मैंने कहा। "एक भी हवा की लीक नहीं। सर्दियों में कितनी लकड़ियाँ खपती हैं?"

दोनों ने पलकें झपकाईं।

"हम लकड़ी नहीं जलाते," डैनियल बोला। "हमारे यहाँ सेंट्रल हीट है।"

आधुनिक लोग चमत्कारों को नाम दे देते हैं—और समझ लेते हैं कि इससे चमत्कार समझ आ गया। "सेंट्रल हीट" कोई व्याख्या नहीं थी; यह स्वीकारोक्ति थी कि इन्होंने गर्मी को क़ैद कर तहख़ाने में डाल दिया है।

मेज़ पर चमकीले काग़ज़ बिखरे थे—इतने रंगीन जैसे बारिश गिरी हो। उनके पास एक छोटा डिब्बा था जो रोशनी देता और बोलता था:

"मुख्य द्वार पर गतिविधि पाई गई।"

मैं जम गया।

"घर मेरी शिकायत कर रहा है," मैंने कहा।

वह बोली, "ये बस डोरबेल है। कैमरे से जुड़ी रहती है।"

"क्या यह ईश्वर से भी जुड़ी है," मैंने पूछा, "ताकि उन्हें पता चल सके कि मैंने आपका चाँदी का सामान नहीं चुराया?"

हन्ना हँसी—अनजाने में।

वे मुझे एक कमरे में ले गए—नरम कुर्सियाँ, और दीवार पर काले फ्रेम में एक खिड़की जैसी चीज़—मानो तूफ़ान का इंतज़ार कर रही हो।

1825 डिनर पर आया

"बैठिए," डैनियल बोला।

"क्या यह मुझे जाने देगा?" मैंने पूछा।

वह मुस्कुराया। "आपकी किस्मत पर है।"

"मैं उसे नहीं जानता," मैंने कहा, "पर जोखिम उठाना बुरा नहीं।"

कुर्सी ने मुझे निगल लिया। मेरे समय में इतनी नरमी सिर्फ़ शिशुओं या बीमारों के लिए थी।

डैनियल ने जेब से एक पतला-सा चपटा पत्थर निकाला और उस पर उँगली चलाई। उसके नीचे शब्द और चित्र चमक उठे।

"शायद इससे कुछ स्पष्ट हो जाए," डैनियल बोला। "हमारे पास आपकी बहुत पुरानी तस्वीर है।"

"चित्र?" मैंने पूछा। "किसी ने मेरा स्वरूप बनाया?"

"हाँ," वह बोला। "पीढ़ियों से परिवार में है।"

"क्या यह कोई दर्पण है?" मैंने पूछा।

"कुछ हद तक।"

उसने चमकता पत्थर मेरी ओर घुमाया।

मेरी ही शक्ल—रंगों में—कैनवास में क़ैद। वह जबड़ा, जो ज़रूरत से थोड़ा ज़्यादा कसा हुआ रहता था। वह मुँह, जिसे क्रिस्टिना चिढ़ाती थी कि वह मुस्कुराने से डरता हुआ लगता है। वह नज़र, जो दुनिया को हमेशा ऐसे देखती थी जैसे कोई बकाया वसूलना हो।

"यह उस घूमंतू चित्रकार ने बनाया था," मैंने बुदबुदाया।

1825 डिनर पर आया

"वह एक गधे और एक ईज़ल के साथ घूमता था—दोनों थके हुए। उसने कहा था कि काग़ज़ पर आदमी मांस से लंबा जीता है। मैंने कहा था यह घमंड की बात है। कौन हमें देखेगा जब हम धूल हो जाएंगे?"

"हमने इसे बादलों में सुरक्षित रखा है," डैनियल बोला।

"आपने मुझे बादलों में सुरक्षित किया?" मैंने पूछा। "इसीलिए बारिश नहीं होती।"

वह हँसा।

हन्ना ने मुझे फिर ध्यान से देखा। "शायद यह कोई पोशाक-नाटक है। या कोई नक़ली चेहरा..."

"मैं नहीं जानता ये जीव कौन हैं," मैंने कहा, "मगर अगर इनका शिकार ज़रूरी है, तो बताइए कहाँ मिलते हैं।"

डैनियल की हँसी फूट पड़ी।

"आप सच में नहीं जानते कैमरा दल क्या होता है?" हन्ना ने पूछा।

"मैं जानता हूँ कैमरा क्या था—एक डिब्बा जो आपकी आत्मा काले-सफ़ेद में चुरा लेता था। अब यह आपके हाथ में बैठा है और रंगीन आत्माएँ चुराता है।"

डैनियल ने माथा पकड़ा। "मुझे सिरदर्द हो रहा है।"

"हमारे समय में सिरदर्द मौसम या खराब शराब से आता था। तुम्हारा किससे आता है?"

1825 डिनर पर आया

"हक़ीक़त से।"

"क्या इसका इलाज है?"

"हम गोलियाँ लेते हैं।"

"गोलियाँ जो हक़ीक़त ठीक कर दें? यह तो असली उन्नति है।"

हन्ना झुककर बोली, "मान लीजिए आप वही हैं जो कहते हैं। आपने सच में दो सौ साल पार कर लिए। आपको डर नहीं लग रहा?"

"मैं चकित हूँ," मैंने कहा। "पर मैंने एक बार दो सिर वाले बछड़े को जन्म लेते देखा था। उसके बाद दुनिया कम चौंकाती है।"

"जो मैं नहीं समझता," मैंने कहा, "वह यह कि कोई कहता क्यों नहीं–'अंदर आइए दादाजी, बैठिए।' मेरे समय में कोई रिश्तेदार– “भी” तीस साल देर से–आ जाता, तो पहले चूल्हा जलता।"

"अब हम... सीधे दादाजी नहीं कहते," हन्ना बोली। "पहले जाँचते हैं।"

"हमारे समय में दादाजी हमें जाँचते थे।"

डैनियल ने सिर हिलाया। "यह बात सही है।"

वह उठा। "जो भी हों–पूर्वज या भ्रम–आपको पानी चाहिए।"

"और शायद स्नान भी," हन्ना बोली, शर्माकर।

मैंने अपने कपड़ों को देखा–पसीना, मिट्टी, और लोहा–ईमानदार जीवन की सुगंध।

1825 डिनर पर आया

"अगर आपकी पानी की धार ऊपर चढ़ती है और आपका स्नान घर को आदमी से ज्यादा रगड़ता है," मैंने कहा,

"तो उसे रहने दीजिए।

आपका यह सदी एक घंटे में मुझे काफी चमत्कार दे चुकी है।"

डैनियल पानी ले आया।

मैं नरम कुर्सी में बैठा रहा–भविष्य में धँसा हुआ।

दीवार पर लगे छोटे-छोटे फ्रेम दूर से देख रहे थे– उनमें से एक में कठोर चेहरे वाला एक पुरुष था, जो शायद मैं था... या शायद कोई भी किसान, जिसे अतीत ने मेहनत से घिसा और फिर चुपचाप भुला दिया।

उसी कमरे में मेरा पर-पर-नाती अपने चमत्कारी उपकरणों के साथ इधर-उधर चलता रहा।

"उस चित्रकार ने कहा था–'भविष्य के लिए स्थिर बैठिए।' मुझे विश्वास नहीं था।"

अब मैं उसी भविष्य में बैठा था।

और मुझे लगने लगा था कि भविष्य–जितना प्रभावशाली बताया गया था–उतना प्रभावित मुझसे नहीं था।

1825 डिनर पर आया

अध्याय 2

वह घर जो आपके लिए साँस लेता है

डैनियल एक लम्बा काँच का गिलास लेकर लौटा—पूरा भरा हुआ। न कोई हैंडल, न कोई दरार, न कुएँ के उबाले हुए पानी से बने धुँधले निशान। वह उतना ही साफ़ था जितना उसके भीतर का पानी—जाड़े की किसी धारा की तरह चमकता हुआ, बस बर्फ़ की शिष्टता के बिना।

"लीजिए," उसने कहा।

गिलास ठंडा था—सचमुच ठंडा, जैसे उसमें जनवरी की सुबह क़ैद हो। मैंने घूंट लिया, और महसूस किया कि सर्दी मेरी गर्दन से नीचे उतर रही है।

"आप ठीक हैं?" डैनियल ने पूछा।

मैंने सोचा। दिल स्थिर था, पर हर चमत्कार अपनी गिनती माँगता है।

"जितना हक़दार हूँ, उससे बेहतर," मैंने कहा।

हन्ना ने गलियारे की ओर इशारा किया। "कहीं जाने से पहले, आपको घर देख लेना चाहिए। नहीं तो गाड़ी—आपका दिमाग़ तोड़ देगी।"

"गाड़ी?" मैंने दोहराया।

1825 डिनर पर आया

"हाँ–गाड़ी। बाद में।"

डैनियल ने दीवार पर लगे एक पतले से चमकते डिब्बे की ओर इशारा किया।

"यह थर्मोस्टैट है। यह तापमान नियंत्रित करता है।"

"आप गर्मी को आज्ञा देते हैं," मैंने कहा। "वह भी गलियारे से।"

"हाँ। सर्दियों में गर्मी, गर्मियों में ठंडी हवा।"

गर्मियों के लिए मशीन। धर्मशास्त्र ने इस पर कोई मार्गदर्शन नहीं दिया था।

"आप सर्दी को फ़र्श में बाँध देते हैं," मैंने बुदबुदाया, "और उँगली से गर्मी बुला लेते हैं।"

हन्ना मुस्कुराई। "कुछ ऐसा ही।"

"और लकड़ी?" मैंने पूछा। "आप अपने गट्ठर कहाँ रखते हैं?"

"कहीं नहीं," डैनियल बोला। "हमारे पास फर्नेस है। यह गैस से चलता है।"

"आप भूत को जलाते हैं," मैंने धीरे कहा, "और वह आपकी बात मानता है।"

हम आगे बढ़े। हवा हिलती नहीं थी, पर जीवित लगती थी–मानो कोई पालतू जीव हमारे ठीक पीछे साँस ले रहा हो। दीवारें हल्की-सी गुनगुनाहट करती थीं, हमारी हैरानी से पूरी तरह बेपरवाह।

हन्ना ने एक दरवाज़ा खोला।

1825 डिनर पर आया

"यह बाथरूम है।"

चमकदार जादू। सफ़ेद सिंहासन और लीवर। एक सिंक–एक ही पत्थर से तराशी हुई। एक दर्पण–इतना बड़ा कि आदमी को अपनी ही सच्चाई से रूबरू करा दे।

फिर शावर: कमरे का काँच से बना कोना। अंदर कुछ नहीं–सिर्फ़ वादा। न टब, न बाल्टी–बस चमकता फ़र्श और दीवार पर ऊँचा लगा हुआ सोता।

"वहाँ वह डिब्बा," मैंने कहा। "क्या यहाँ भीतर बारिश होती है?"

"हाँ, लगभग," हन्ना बोली।

डैनियल ने घुंडी घुमाई। धातु की नली से पानी फूटा और सीधे नीचे गिरा–सही, तुरंत, आज्ञाकारी।

घर ने न धुआँ छोड़ा, न फुफकारा, न थका। उसने बस उबलता पानी प्रकट कर दिया।

"आग कहाँ से आती है?"

"कोई आग नहीं," उसने कहा। "बस पाइपों का जाल।"

पाइप। चमत्कार के लिए बहुत छोटा शब्द।

"तो आप जब चाहें, पूरे स्नान जितना गर्म पानी बना लेते हैं?"

डैनियल हँसा। "यह तो सबसे मामूली हिस्सा है।"

सबसे।

मेरी नज़र सिंहासन के लीवर पर गई।

1825 डिनर पर आया

"और यह?"

"वह टॉयलेट है," हन्ना बोली। "आप इसे फ्लश करते हैं।"

"अर्थात आप चीज़ों को भेज देते हैं?"

"पाइपों में," डैनियल ने कहा।

"कहाँ?"

दोनों ने एक-दूसरे को देखा।

"नाले में," हन्ना बोली।

"और नाला कहाँ जाता है?"

डैनियल ने कंधे उचका दिए। "हमारी समस्या तो नहीं।"

एक कमरा जहाँ बोझ एक इशारे में गायब हो जाते थे। एक बारिश जो इच्छा पर गिरती थी। एक दर्पण जो भ्रम काट देता था।

पर यह सब उस चीज़ के आगे छोटा था जो हमें आगे मिली।

हन्ना ने एक और दरवाज़ा खोला।

अंदर दो मशीनें थीं–एक के ऊपर एक–दोनों पर गोल काँच, जैसे अँधेरे में झाँकती आँखें।

"ये वॉशर और ड्रायर हैं," हन्ना बोली।

वॉशर की कोख खुली थी–मानो कोई आज्ञाकारी पशु मुँह फैलाए इंतज़ार कर रहा हो। ड्रायर उसके ऊपर शांत पहरेदार की तरह टिका हुआ था।

1825 डिनर पर आया

“आप कपड़े इसमें रखते हैं,” उसने कहा। “बटन दबाते हैं, और वॉशर उन्हें साफ़ कर देता है। फिर ड्रायर उन्हें गर्म और सूखा कर देता है।”

उसके स्वर में थोड़ा सम्मान था। मेरे अंग स्थिर रह गए।

अचानक कमरे में धुँध तैरने लगी–उलझन से नहीं, स्मृति से।

मुझे कैरोलाइन के हाथ याद आए–सर्दियों के पानी से लाल, सूजे हुए–धोने वाले तख़्त को पकड़ते हुए।

वह रगड़ते समय धीरे-धीरे गुनगुनाती थी–संकोच से, जैसे उसका स्वर भी आराम माँगने में शर्माता हो।

गरम पानी चूल्हे से आता था–जब आता था–पर उसकी उँगलियाँ फिर भी फटी रहती थीं।

सबसे ठंडे दिनों में मैं उसके बदले खड़ा होने का प्रस्ताव रखता था। वह मना कर देती।

“तुम्हारी कमर घर चलाती है,” वह कहती। “मेरे हाथ इसे मेज़ के लायक बना देते हैं।”

उसकी आवाज़ में गर्व था– ऐसा गर्व जिसकी क़ीमत चुकानी पड़ती है।

मैं इतना नहीं जी पाया कि देख सकूँ क्या उसके हाथों को कभी विश्राम मिला भी या नहीं।

1825 डिनर पर आया

और अब, इस मशीन के सामने–एक डिब्बा जो उसके पूरे हफ़्ते के काम को नाश्ते और रात के खाने के बीच समेट देता–मेरे भीतर कुछ कड़वा उठ गया।

आदमी चमत्कार से जलन नहीं कर सकता–बिना उन मृतकों को धोखा दिए जिन्होंने चमत्कार न होने की पूरी कीमत चुकाई थी।

मशीन इंतज़ार करती रही–उदासीन।

मैं उसकी ओर देख नहीं पा रहा था–उसकी गुनगुनाहट में मुझे कैरोलाइन की थकान सुनाई दे रही थी।

मैंने गला साफ़ किया।

"यह क्या करता है?"

"कपड़े धोता है," हन्ना बोली।

"और ऊपर वाला?"

"सूखाता है।"

"कितने समय में?"

"एक घंटा। शायद उससे भी कम।"

एक घंटा।

कैरोलाइन ने मौसम बदले–लेकिन कपड़े धोने का काम नहीं बदला।

यह मशीन–एक आलमारी में छिपा हुआ चमत्कार–एक स्त्री की कई ज़िंदगियाँ चुरा कर अपने भीतर रखे थी।

1825 डिनर पर आया

"और साबुन?" मैंने पूछा। "आप लोग लाई कैसे उबालते हैं?"

हन्ना पलकें झपकाकर बोली, "हम डिटर्जेंट ख़रीदते हैं।"

चमकीले दानों में श्रम कैद।

तैयार। साफ़। आसान।

"इतना सब..." मैंने धीमे कहा,

"ताकि किसी के हाथ थकें नहीं।"

"हाँ," वह बोली। "लेकिन अगर आप ही कपड़े धो रहे हों–तो यह काम फिर भी काम है। बस जल्दी हो जाता है।"

तेज़। सरल। और फिर भी– और अधिक भारी।

हम आगे बढ़े।

रसोई पत्थर और इस्पात का मंदिर लग रही थी। हन्ना एक बड़े सफ़ेद बक्से के पास गई–जो काउंटर में समाया हुआ था।

"यह डिशवॉशर है," उसने कहा।

"एक और डिब्बा?" मैंने पूछा।

"आप गंदे बर्तन इसमें रखते हैं। स्टार्ट दबाते हैं। फिर चले जाते हैं। यह सब कर देता है।"

"आप चले जाते हैं," मैंने दोहराया।

"इसे किसने बनाया?" मैंने पूछा।

1825 डिनर पर आया

“एक स्त्री ने,” हन्ना बोली। “वह थक चुकी थी।”

“और अब?”

“अब सभी इसका इस्तेमाल करते हैं। सिवाय डैनियल के–जो सोचता है कि बर्तन पहले धोना ज़रूरी नहीं।”

डैनियल ने हाथ उठाए। “मैं मशीन पर भरोसा करता हूँ।”

भरोसा–एक खतरनाक शब्द, खासकर किसी ऐसी चीज़ को दिया जाए जो बदले में कोई वादा नहीं करती।

हन्ना काउंटर से टिककर बोली:

“हमने काम कम नहीं किया।

हमने काम तेज़ किया।

तेज़ काम का मतलब है ज़्यादा समय।

ज़्यादा समय का मतलब है नए काम।

तो हम और काम जोड़ते जाते हैं... और फिर उनके लिए भी मशीनें बना लेते हैं।”

उसके चेहरे पर थकी-सी मुस्कान आई।

“मुझे नहीं लगता मशीनें समस्या हैं,” उसने कहा। “हम काम बढ़ाते रहते हैं।”

मशीनें चुप थीं।

वे हमेशा चुप रहती हैं।

1825 डिनर पर आया

चुप रहकर ही वे जीतती हैं।

"और इतनी मदद के बाद," मैंने धीमे पूछा,

"क्या आप कम थकते हैं?"

किसी ने उत्तर नहीं दिया।

डैनियल ने गला साफ़ किया।

"ख़ैर। अब जब आप घर देख चुके हैं, आपको शहर भी देखना चाहिए।"

हन्ना ने खिड़की की ओर इशारा किया।

"आपको गाड़ी देखनी होगी।"

बाहर एक चमकदार, नीची, काली मशीन खड़ी थी–जैसे ओबसिडियन से तराशी हो–न कोई लगाम, न कोई जोड़ी, न कोई घोड़ा जो ठंडी हवा में भाप छोड़ता हो। उसकी सतह में आसमान ऐसे दिख रहा था जैसे किसी कीड़े को चमकाकर दफ़नाने के लिए तैयार किया हो।

"आप इसमें बैठते हैं?" मैंने पूछा।

डैनियल मुस्कुराया। "आपको मज़ा आएगा।"

मुझे संदेह था कि मुझे किसी ऐसी चीज़ से प्रेम होगा जो बिना मांसपेशी और बिना पशु के चलती हो।

पर अविश्वास अब किसी काम का औज़ार नहीं रह गया था।

1825 डिनर पर आया

घर मेरी पीठ पीछे साँस लेता हुआ, और यह काला कीड़ा मेरे सामने प्रतीक्षा करता हुआ–मैंने एक सच समझा:

यहाँ कोई न कोई श्रम कर रहा है।

बस मैं यह नहीं देख पा रहा था कि कौन– और कितनी देर तक– जब तक किसी चीज़ को अपनी कीमत माँगने का अधिकार न लग जाए।

1825 डिनर पर आया

अध्याय 3

घोड़ों के बिना चलने वाला रथ

डैनियल ने अपनी जेब में रखे उस छोटे चपटी पटिया-से उपकरण पर कुछ दबाया, और बाहर खड़ी चमकदार काली गाड़ी में रोशनी झिलमिलाई। वह चहकी—हाँ, सचमुच चहकी—जैसे कोई धातु का पक्षी यह घोषणा कर रहा हो कि हमारी प्रतीक्षा की जा रही है।

"यह भृंग आँख मारता है," मैंने अनचाहे ही फुसफुसाया।

डैनियल मुस्कुराया। "यह बस खुल रहा है।"

हम बाहर निकले। हवा ठंडी थी—गालों को चुभती हुई। गाड़ी कर्ब के पास खड़ी थी, हल्की-सी गुनगुनाहट करती हुई—मानो चलने का सपना देख रही हो।

डैनियल ने एक हैंडल खींचा और मशीन का पक्ष किसी जबड़े की तरह खुल गया। न लकड़ी की कराह, न धातु की चीख—बस एक शांत, सोची-समझी हरकत।

हन्ना पहले अंदर बैठी। सीटें नरम दिखती थीं, लेकिन इतनी अनुशासित कि ढीली नहीं पड़तीं। मैं भी बैठा, और जैसे ही मेरा भार पड़ा, सीट ने उसे शालीनता से थाम लिया।

1825 डिनर पर आया

न भूसा।

न लगामें।

यहाँ तक कि चमड़े की गंध तक नहीं।

यह यात्रा थी–जिसका कोई प्रमाण नहीं।

सीट के पास एक पट्टा लटका था–पतला, धूसर, एक धातु के मुँह के साथ।

"यह क्या है?" मैंने पूछा।

"सुरक्षा पट्टा," डैनियल बोला। "सुरक्षा के लिए।"

उसने पट्टा अपने सीने पर खींचकर बाँधा। धातु की चटाख सुनाई दी।

"आप एक ऐसे बक्से में बेल्ट बाँधते हैं," मैंने धीरे कहा, "जो सुविधा देने का वादा करता है, मगर भीतर खतरे के लिए तैयारी कराता है।"

"चलिए, आप भी बाँध लीजिए।"

मैंने उसकी नकल की। पट्टा मेरे ऊपर एक विनम्र बंधन की तरह आ बैठा–याद दिलाता हुआ कि एक स्वतंत्र मनुष्य भी स्वयं को बाँधने पर सहमत हो सकता है।

डैनियल ने फिर कुछ दबाया। भृंग जाग उठा।

न कोई हिनहिनाहट।

न कोई झटका।

1825 डिनर पर आया

बस नीचे से आती हल्की-सी कंपन।

“तैयार?” उसने पूछा।

“नहीं,” मैंने सच-सच कहा।

उसने अपने हाथ गोल पहिये पर रखे–जो सिले हुए चमड़े से ढका था–और गाड़ी बिना किसी खड़खड़ाहट के आगे बढ़ी। घर एक-एक कर पीछे सरकते गए–जैसे दुनिया ही हमारे चारों ओर घूम रही हो।

“यह सड़क,” मैंने पूछा, “क्या यह पत्थर की है?”

“डामर,” डैनियल बोला। “पक्की।”

हमारे समय में पक्की सड़क का मतलब था कुछ पत्थर, जो कीचड़ से लड़ाई करें। यह सतह–अभिमान से भी चिकनी थी।

हम मुड़े। डैनियल ने एक छोटी-सी डंडी को हिलाया। एक क्लिक। फिर एक और। फिर दर्पण में चमकता हुआ प्रकाश।

“यह मुड़ने का संकेत है,” वह बोला। “दूसरे चलाने वालों को बताता है कि हम कहाँ जा रहे हैं।”

“अब हमें अपने इरादे अजनबियों को बताने पड़ते हैं?” मैंने पूछा।

“हाँ। नहीं तो टकराव होता है।”

रोचक–एक ऐसी दुनिया जहाँ दूसरों की इच्छा एक झपकती हुई रोशनी से पढ़ी जाती है।

1825 डिनर पर आया

गति बढ़ी। दिल ने साथ दिया।

“हम कितनी तेज़ जा रहे हैं?” मैंने पूछा, दरवाज़े की पकड़ थामते हुए।

“पैंतीस।”

“क्या यह संख्या मुझे सांत्वना देने के लिए कही गई?”

हन्ना हँसी। “यह तो धीमी है।”

धीमी।

पूरी रफ़्तार में दौड़ता घोड़ा भी इसे पकड़ने की कोशिश में ख़ुद को तोड़ डालता।

हम एक चौक पर पहुँचे। ऊपर लाल प्रकाश लटका था। डैनियल रुक गया। रोशनी हरी हुई।

“और यह?” मैंने पूछा।

“संकेत-बत्ती,” हन्ना बोली। “लाल–रुको। हरा–चलो।”

“ये रंग क्यों?”

वह कंधे उचकाकर बोली, “किसी को नहीं पता।”

रंग आज्ञाओं की तरह चमक रहे थे–मनमाने, और बिना सवाल के माने जाने वाले।

चौराहे को पार करते हुए और रंग उभरे–हरे पट्टों पर सड़क के नाम, पीले स्कूल-चेतावनी, सफ़ेद तीर। ये सड़कें नहीं थीं; यह दिशा के भेष में कीर्तन थे।

1825 डिनर पर आया

नीचे दो सफ़ेद रेखाएँ भागती जा रही थीं–जैसे पटरियाँ।

“हम रेखाओं के बीच रहते हैं,” डैनियल बोला। “इससे सब अपनी-अपनी राह पर रहते हैं।”

“अगर कोई रेखा छोड़ दे तो?”

वह रुका। “तो... टकराव होता है।”

“क्या ऐसे बहुत टकराव होते हैं?”

उसने साँस छोड़ी। “हर साल चालीस हज़ार।”

“मृत्यु?” मैंने अविश्वास से पूछा।

“हाँ।”

मैं चुप हो गया।

“आपने अपने रथ तेज़ किए,” मैंने कहा, “और फिर उनसे माफ़ी माँगने के लिए पट्‌टे बनाए।”

वह हल्का-सा मुस्कुराया–फिर नहीं मुस्कुराया।

अब हम एक बड़ी सड़क पर थे–चौड़ी, ऊँची, अधिक उतावली। सड़क पर लिखे बड़े अक्षर–हाईवे–और डैनियल ने पैर दबाया। रथ ने जैसे प्रसन्न होकर उत्तर दिया।

दृश्य धुँधला होने लगा।

“अब कितनी गति?” मैंने पूछा।

“पैंसठ।”

1825 डिनर पर आया

“और यह स्वीकार्य है?”

“बस-बस,” हन्ना बोली।

मैं तनकर बैठा रहा—मानो मेरी चुप्पी भी गति का हिस्सा हो।

सैकड़ों गाड़ियाँ—क्रोधित भृंगों जैसी—हमारे साथ दौड़ रहीं थीं। प्रत्येक के भीतर एक मनुष्य—सामने ताकता हुआ, जैसे दुनिया उसी दिशा में सीमित हो।

कोई हाथ नहीं हिलाता।

कोई देखता तक नहीं।

यात्रा—एकांत बन चुकी थी।

तभी एक आवाज़ उभरी—गाड़ी की आगे लगी काली पट्‌टी से।

“एक मील में, निकास बत्ती-बत्तीस लें,” आवाज़ शांत और निर्भीक। “दाईं लेन में रहें।”

डैनियल उस आवाज़ से बिलकुल अपरिचित नहीं था।

“यह मार्गदर्शक है,” उसने कहा।

“एक पुजारिन,” मैंने सुधारा, “जो डैशबोर्ड में रहती है।”

वह हँसा। “बस नक्शा है।”

“वह जानती है हम कहाँ हैं,” मैंने कहा, “और बताती है कि कहाँ जाना है। यह नक्शा नहीं—यह अधिकार है।”

1825 डिनर पर आया

उसने कुछ कहना चाहा, फिर छोड़ दिया, और अपनी राह बदलने लगा—एक क्रिया जिसके लिए उसे फिर संकेत देना पड़ा, ताकि अन्य रथ-चालक क्रोधित न हों।

हम घरों के समूहों से गुज़रे—एक जैसे, एक ही आकृति वाले—लॉन इतने सँवारे हुए कि उन पर चलने की अनुमति मानो किसी कानून से लेनी पड़े।

"आप अपने खेतों पर इतना श्रम करते हैं," मैंने कहा, "पर उनसे कुछ उगाते नहीं।"

"मुहल्ले के नियम," हन्ना बोली।

"नियम," मैंने दोहराया। "घास पर।"

"हाँ। बड़े नियम।"

हमने बच्चों को साइकिलों पर देखा—सिर पर कवच जैसे हेल्मेट। वे भी हमारी तरह ही—सामने देखते हुए, किसी की ओर नहीं।

दूर से एक चीखती हुई पुकार—धातु की आवाज़—गूँजी।

"यह कौन-सा जीव है?" मैंने पूछा।

"अस्पताल की गाड़ी," हन्ना बोली। "डॉक्टर ले जाती है। बीमारों तक पहुँचती है।"

"घोड़ों से तेज़?"

"बहुत ज़्यादा।"

1825 डिनर पर आया

मैंने सड़क की ओर देखा।

बिजली का रथ–बीमारों की ओर दौड़ता हुआ।

"तो आप उन्हें बचा लेते हैं?" मैंने पूछा–अपना विस्मय छुपाए बिना।

डैनियल ने हल्का विराम लिया। उसके हाथ पहिये को थोड़ा कसकर पकड़े रहे।

"पहले से ज़्यादा," वह बोला। "पर सभी नहीं।"

उसके स्वर में गुस्सा नहीं था–बस एक ऐसी सदी का दर्द था, जो हर चीज़ से आगे भागी थी–सिवाय मृत्यु के।

हम फिर मुड़े। घर बड़े हो गए। लॉन चौड़े। हवा भारी।

फिर पेड़ हटे–और हमारे सामने काली ज़मीन का एक विशाल विस्तार खुला।

अंत में एक भवन था–सफेद, फैला हुआ, चौड़ा–इतना बड़ा कि उसकी दीवारें स्वयं से ऊब जाएँ। ऊपर एक झंडा लहरा रहा था–बचत का प्रचार करता हुआ।

"यह क्या है?" मैंने फुसफुसाया।

"सुपरमार्केट," हन्ना बोली।

यह बाज़ार नहीं था।

यह साम्राज्य था।

1825 डिनर पर आया

एक खलिहान–जिसने तीन खलिहान खाकर भी भूख महसूस की।

डैनियल ने रथ को मोड़कर रोक दिया।

भृंग अपने साथियों के बीच बैठ गया–संतुष्ट।

पट्टा क्लिक की आवाज़ से खुला।

मेरा दिल... अभी भी बँधा रहा।

1825 डिनर पर आया

अध्याय 4

ऋतुओं का बाज़ार

इमारत इतनी विशाल थी कि उसमें एक पूरी फ़ौज को रखा जा सके और पेट भर खिलाया जा सके। उसकी दीवारें बिना किसी सौंदर्य या क्षमा के सीधे खड़ी थीं–ऐसे रंगों में रंगी हुई, जिन्हें किसी कलाकार ने नहीं, किसी हिसाब-किताब वाले ने चुना था। सामने लगा एक प्रसन्न संकेत बचत का वादा कर रहा था–ऐसी क़सम जो कोई तब तक नहीं खाता, जब तक बाद में उससे कहीं अधिक मूल्यवान चीज़ वसूलने का इरादा न हो।

हम पैदल पास पहुँचे। हवा मीठी थी, पर झूठी–जैसे फल की याद, फल नहीं। प्रवेश द्वार के निकट आते ही दरवाज़े बिना छुए अपने-आप अलग हो गए। काँच की दीवारें आज्ञाकारी ढंग से खुल गईं।

"यह ऐसी जादूगरी है," मैंने बुदबुदाया, "जो जान लेती है कि तुम आ रहे हो।"

"गतिसंवेदक," हन्ना ने सुधारा।

"तो यही है तुम्हारी चुड़ैल का नाम?"

वह मुस्कराई। "कभी-कभी।"

अंदर, बाज़ार हर दिशा में फैलता चला गया। ऊपर से रोशनी उतर रही थी–न आग, न धुआँ। फर्श जमी हुई दूध-सी चमक रहे थे।

1825 डिनर पर आया

हर चीज़ उस अस्वाभाविक स्वच्छता से दमक रही थी, जैसे यहाँ कभी माफ़ी की ज़रूरत ही न पड़ी हो।

"किराना बाज़ार में स्वागत है," डैनियल ने कहा।

किराना बाज़ार—यह नाम बहुत छोटा था। यह तो खाने योग्य ऋतुओं का खज़ाना था।

हम पहले हिस्से में पहुँचे, जहाँ फल और सब्ज़ियाँ ऐसे सजी थीं मानो निरीक्षण की प्रतीक्षा में खड़े आज्ञाकारी सिपाही हों।

लाल सेब, पीले सेब, हरे सेब—किसी भी बाग़ को जितने चाहिए, उससे कहीं अधिक रंग।

बिना बीज के अंगूर।

इतने पीले केले, मानो रंगे गए हों।

अनानास, एवोकाडो, आम—ऐसे मौसम, जिन्हें कभी साथ नहीं होना चाहिए, एक ही तख़्त पर टिके हुए।

"तुमने हर फ़सल चुरा ली है," मैंने फुसफुसाया, "और उन्हें एक ही कमरे में क़ैद कर दिया है।"

डैनियल ने कंधे उचका दिए। "अच्छा है न?"

"हाँ," मैंने माना, "और बेचैन करने वाला भी।"

मैंने एक सेब उठाया। वह पूर्ण था—बिना दाग, एक-सा, संदेहास्पद। फल को अपने पड़ोसी से वैसे ही अलग होना चाहिए, जैसे बच्चे एक-दूसरे से होते हैं। ये तो भर्ती किए हुए लगते थे।

1825 डिनर पर आया

"यह जैविक है," हन्ना ने संकेत की ओर इशारा करते हुए कहा।

"उसका अर्थ क्या है?"

"रसायनों के बिना उगाया गया।"

"और बाक़ी?"

"रसायनों के साथ।"

"और तुम वही खाते हो?"

"कुछ लोग खाते हैं। कुछ नहीं। निर्भर करता है।"

मैंने सेब वापस रख दिया। यहाँ आस्था वैकल्पिक लगती थी।

हम आगे बढ़े।

अगले हिस्से में मांस रखा था–किसी भी जीव से अधिक शांत, जिसे मैंने कभी जाना हो। गोमांस, मुर्ग़ी, सूअर–गुलाबी, लाल, फीके–काँच के पीछे ऐसे पड़े थे, मानो मृत्यु एक शिष्ट लेन-देन हो।

"मेरे समय में," मैंने सावधानी से कहा, "मांस एक बहस हुआ करता था। आदमी उस प्राणी से जूझता था जो खाया जाना नहीं चाहता था। तुमने इसे एक सुझाव बना दिया है।"

"लोगों को घिन आती है," डैनियल ने कहा। "गंदा हिस्सा हम दूर रखते हैं।"

"हाँ," मैंने कहा। "दिख रहा है।"

हम बीच की गलियों की ओर बह चले, जहाँ हवा में चीनी और समर्पण की हल्की गंध थी। डिब्बों से भरी अलमारियाँ ऊँची उठी

1825 डिनर पर आया

थीं–ऐसे वादे चिल्लाती हुई, जिनका किसी उगाई, पकड़ी या पाली गई चीज़ से कोई संबंध नहीं था।

हन्ना ने एक थैला उठाया। “चेडर कुरकुरे। नाश्ता।”

“पनीर-जैसा स्वाद?” मैंने पूछा।

“पर पनीर नहीं।”

“क्या यह ख़राब होता है?”

उसकी आँखें चमक उठीं। “तकनीकी रूप से, नहीं।”

“तो यह भूल गया कि यह क्या था,” मैंने कहा। “जो भोजन कभी ख़राब नहीं होता, वह कभी जीवित भी नहीं रहा।”

रंग गलियारे में मेले के झंडों की तरह फूट पड़े। शुभंकर डिब्बों से आदेश भौंक रहे थे। कुरकुरापन और विस्फोट जैसे शब्द भूख से ज़्यादा शोरगुल का वादा कर रहे थे।

एक माँ अनाज के डिब्बों की दीवार के सामने जमी खड़ी थी। उसका बच्चा गाड़ी में ऐसे बैठा था, जैसे पहियों पर रखा राजा।

“मुझे बाघ चाहिए!” वह चीखा।

“नहीं,” वह विनती कर रही थी, “हम खरगोश लेंगे।”

“मुझे बाघ चाहिए!”

उस स्त्री पर एक ऐसा बोझ झुक पड़ा, जिसे मेरा युग नहीं जानता था–बहुत अधिक विकल्प, और चुनने की बुद्धि का अभाव।

“यही पालन-पोषण है,” हन्ना ने कहा।

1825 डिनर पर आया

यह आत्मसमर्पण जैसा लगा।

हम प्यालों, थालों, काँटों की गली में पहुँचे–फेंक देने योग्य, बस एक भोजन तक टिकने लायक।

"तुम इसे फेंक देते हो," मैंने पूछा, "एक ही भोजन के बाद?"

"सुविधा के लिए," हन्ना ने कहा।

"तुम भोजन मुँह में ऐसी चीज़ से रखते हो, जिसे भुला दिए जाने के लिए बनाया गया है।"

वह काँटे को ऐसे देखती रही, मानो पहली बार देख रही हो।

अंततः हम भुगतान काउंटर पर पहुँचे। एक चलती पट्टी सामान को आगे ले जा रही थी–जैसे नदी पत्थरों को बहाती है। हर वस्तु दर्ज हुई, गिनी गई, घटा दी गई। डैनियल ने अपना कार्ड छुआ। किसी वास्तविक चीज़ का आदान-प्रदान नहीं हुआ।

"सिक्के नहीं?" मैंने पूछा।

"नक़द नहीं। बस कार्ड।"

"भूतिया धन," मैंने बुदबुदाया। "ऐसी मुद्रा, जो तभी रहती है, जब तुम्हारी मशीनें तुम्हें याद रखें।"

एक पतली काग़ज़ी पट्टी निकली–संख्याएँ, शब्द, और ख़ामोशी। एक पूरी फ़सल स्याही में सिमट गई।

1825 डिनर पर आया

बाहर, हमने भृंग-सी गाड़ी में सामान भरा। डिब्बे और थैले उसके पेट में ऐसे कूच कर गए, जैसे किसी ऐसे युद्ध के लिए रसद, जिसे कोई स्वीकार नहीं करता।

डैनियल ने हल्के से डिक्की बंद की। मशीन ने सब कुछ बिना शिकायत निगल लिया।

“अगला ठिकाना?” उसने पूछा।

“मैं तैयार नहीं हूँ,” मैंने कहा, “पर इच्छुक हूँ।”

वह मुस्कराया। गाड़ी ने हल्की-सी चहक दी।

जो अगला था, वह कोई जगह नहीं थी।

वह एक सिंहासन था।

1825 डिनर पर आया

अध्याय 5

बोतलबंद राहत की दुकान

अगली इमारत बाज़ार से छोटी थी, फिर भी किसी तरह अधिक गंभीर। उसकी रोशनी तेज़ थी, पर दबे स्वर वाली–जैसे किसी चिकित्सक का प्रतीक्षालय किसी दुकान को निगल गया हो। प्रवेश द्वार के ऊपर एक हरा क्रॉस चमक रहा था, किसी ऐसी चीज़ का वादा करता हुआ, जिसे मैं नाम नहीं दे पा रहा था।

"यह जगह क्या है?" मैंने पूछा।

"दवाख़ाना," डैनियल ने कहा। "यहाँ दवाइयाँ मिलती हैं।"

दवाइयाँ। मेरे समय में यह शब्द घोड़े पर सवार होकर आता था– और अक्सर देर से। तब दवा एक घटना होती थी, कोई गलियारा नहीं।

यहाँ वह अपने-आप खुलने वाले दरवाज़ों के पीछे प्रतीक्षा कर रही थी, जो हमारे सामने झुक गए।

अंदर हवा में पुदीने की महक थी और कुछ और तीखा–जैसे किसी वादे पर मोहर लगा दी गई हो। यहाँ लोग बहस नहीं करते थे; वे इंतज़ार करते थे–श्रद्धावान और थके हुए।

एक स्त्री खनखनाती शीशियों के साथ गुज़री। वह थकी हुई दिख रही थी, पर स्थिर भी–जैसे उसने शांति का एक घंटा ख़रीद लिया हो।

1825 डिनर पर आया

लाल, नीले और सफ़ेद डिब्बे कंधे से कंधा मिलाकर खड़े थे, हर एक पीड़ा पर अपना अधिकार जताता हुआ।

डैनियल ने एक बोतल उठाई, जिस पर दर्द निवारक का नाम लिखा था।

"यह कमर दर्द के लिए है," उसने कहा। "दो गोलियाँ–और एक घंटे में ग़ायब।"

"ग़ायब?" मैंने दोहराया। "यानी चला जाता है?"

"हाँ। कोई बड़ी बात नहीं।"

कोई बड़ी बात नहीं।

वह पीड़ा को जीतने की बात ऐसे कर रहा था, जैसे किसी ने टोपी गलत जगह रख दी हो।

"और इसकी क़ीमत?" मैंने पूछा।

उसने बोतल पलटी। संख्या चमकी–लापरवाह सी।

"तो दर्द को खरीदा जा सकता है," मैंने कहा, "एक सैंडविच की क़ीमत पर।"

उसने कंधे उचका दिए। "ऐसा भी कह सकते हो।"

अलमारी पर और नाम कूच कर रहे थे–टाइलेनॉल, आइबूप्रोफेन, एलीव–हर एक भूल जाने का अलग रास्ता।

"मेरे समय में," मैंने कहा, "दर्द के विकल्प नहीं होते थे।"

वह मुस्कराया नहीं।

1825 डिनर पर आया

हमने मोड़ लिया।

सर्दी-जुकाम की दवाएँ साफ़ साँसों का वादा कर रही थीं। नींद की गोलियाँ माँग पर सपने। ऊर्जा पेय युद्धभूमि के टॉनिक की तरह चमक रहे थे।

“तुमने शरीर की हर शिकायत के लिए बाज़ार बना लिया है,” मैंने कहा।

“यही तो मक़सद है,” हन्ना ने उत्तर दिया।

गलियारे में एक विचार गूँज रहा था, जिसे कोई ज़ोर से नहीं कह रहा था:

अगर कष्ट का इलाज हमेशा मौजूद है, तो स्वास्थ्य वैकल्पिक बन जाता है।

अगला हिस्सा चमक उठा–विटामिन, खनिज, अनुपूरक–वर्णानुक्रम में सजी आशा।

“यह विटामिन डी है,” हन्ना ने कहा। “हड्डियों के लिए। यह लोहा। ओमेगा-तीन। कोलेजन।”

“तुम अक्षर खाते हो?” मैंने पूछा।

“खैर... ये हमें स्वस्थ रहने में मदद करते हैं।”

मैंने कोलेजन पाउडर का एक डिब्बा उठाया।

“तुम्हारे पास भोजन है,” मैंने धीरे से कहा, “पर वह पर्याप्त नहीं, इसलिए अब तुम पोषक तत्वों की धारणा अलग से खाते हो।”

1825 डिनर पर आया

वह हँसी–हल्की, असहज। "तुम गलत नहीं हो।"

"मैं नहीं जानता कि मैं क्या हूँ," मैंने कहा। "मैं सिर्फ़ यह जानता हूँ कि मैं क्या देख रहा हूँ।"

काँच की खिड़की के सामने एक पंक्ति बन गई थी, जिसके पीछे गोलियों की शीशियाँ पहरे में थीं। भीड़ के ऊपर तैरते शब्द अजीब थे, पर उनका स्वर प्राचीन था:

"...दोबारा भरना..." "...सह-भुगतान..." "...बीमा कवर नहीं करेगा..." "...पूर्व अनुमति..."

ये बीमारियों की बातचीत नहीं थीं। ये मोलभाव थे।

एक आदमी को इतना भारी थैला मिला कि दोनों हाथों की ज़रूरत पड़ी। वह ऐसे चला गया, मानो उधार का समय उठा ले जा रहा हो।

डैनियल ने फिर वही दर्द निवारक बोतल उठाई।

"मेरी कमर बहुत परेशान कर रही है। ले ही लेता हूँ।"

उसने अपना कार्ड छुआ। न सिक्के। न लेन-देन। सिर्फ़ अनुमति।

कर्मचारी ने उसे एक छोटी नारंगी बोतल थमाई–चेतावनी का रंग। डैनियल ने उसे हिलाया। गोलियाँ खनखनाईं–जैसे छोड़े जाने की प्रतीक्षा में कीड़े।

"यह आवाज़ तुम्हें सुकून देती है?" मैंने पूछा।

"आवाज़ नहीं," उसने कहा। "नतीजा।"

1825 डिनर पर आया

“और अगर काम न करे?”

“तो कुछ और आज़माते हैं।”

यह शांत विश्वास कि राहत को बदलाव की माँग किए बिना आ जाना चाहिए।

बाहर धूप हम पर आरोप की तरह गिरी। डैनियल ने बोतल जेब में ऐसे रखी, जैसे कोई राज़ सहेज रहा हो।

“तुम अपनी राहत,” मैंने कहा, “अपने पास रखते हो।”

उसने उत्तर नहीं दिया।

वह चालक की सीट पर बैठा। बोतल पल भर के लिए उसके घुटने पर टिकी। उसने उसे एक बार, फिर दूसरी बार घुमाया–किसी अनकहे को तौलते हुए।

“सच कहूँ,” उसने कहा, “यह अभी तक काम करना बंद नहीं हुई। यही समस्या है।”

मैंने प्रतीक्षा की।

“मेरे पिता बावन में चल बसे। दिल का दौरा। कभी रुके नहीं। दर्द को कमज़ोरी समझते थे। ख़ुद को अटूट मानते थे।”

वह शीशे के पार घूरता रहा।

“शरीर ‘बस बोल रहा है,’ वे कहा करते थे–जब तक कि वह चिल्लाने नहीं लगा। जब उन्होंने सुना, तब बहुत देर हो चुकी थी।”

डैनियल ने बोतल थपथपाई।

1825 डिनर पर आया

“तो जब मेरी कमर ने साथ देना शुरू किया–काम, गाड़ी, तनाव, जो भी हो–मैंने तय किया कि ध्यान रखूँगा। डॉक्टर। उपचार। जिम की सदस्यता जिसे मैं कभी इस्तेमाल नहीं करता। और ये।”

गोलियाँ खनखनाईं। वफ़ादार। उपलब्ध।

“कितनी बार?” मैंने पूछा।

वह हिचका। “ज़्यादातर दिन। कुछ हफ्तों में... हर दिन।”

उसने मुस्कराने की कोशिश की। असफल रहा।

“काम, क़र्ज़, बच्चे, माँ को मदद, हर तरफ़ चीखती ख़बरें–ऐसा लगता है कि मेरे और पूरी व्यवस्था के ध्वस्त होने के बीच बस ये बारह छोटी सफ़ेद गोलियाँ हैं।”

यह शब्द मेरे लिए अपरिचित था। थकान नहीं।

“और तुम्हारा काम?” मैंने पूछा।

वह एक बार हँसा–खोखली हँसी।

“मैं ऐसे अंकों को इधर-उधर करता हूँ जिन्हें मैं छूता नहीं, उन लोगों के लिए जिन्हें मैं कभी नहीं मिलता, एक ऐसी कंपनी में जो कल तय कर सकती है कि मैं ज़रूरी नहीं।”

उसने फिर बोतल की ओर देखा।

“मेरे दादा फर्नीचर बनाते थे,” उसने कहा। “वे एक कुर्सी की ओर इशारा करके कह सकते थे–‘यह मैंने बनाया।’ मैं इशारा करता हूँ... कूटशब्दों की ओर।”

1825 डिनर पर आया

बोतल जेब में ग़ायब हो गई।

उसने चाबी घुमाई। इंजन जाग उठा।

“तुम दो सौ साल का सफ़र मेरी शिकायत सुनने नहीं आए,” वह बुदबुदाया।

वह ग़लत था।

मैं दो सौ साल का सफ़र इसलिए करके आया था, यह जानने के लिए कि उसके युग ने क्या बात ख़ुद से भी छुपा ली थी:

दर्द मिटा नहीं था।

उसने बस बेहतर शिष्टाचार सीख लिया था।

1825 डिनर पर आया

अध्याय 6

परदों का मंदिर

अगला पड़ाव एक छोटी-सी इमारत था–गरम भूरे और हल्के हरे रंगों में रंगा हुआ–जिस पर लगा संकेत कॉफ़ी का वादा ऐसे कर रहा था, मानो वह पेय नहीं, कोई धर्म हो। दरवाज़े के ऊपर लगी घंटी बजी–इसलिए नहीं कि किसी ने उसे छुआ, बल्कि इसलिए कि दरवाज़ा स्वयं साक्षी चाहता था।

अंदर, भुनी हुई फलियों की सुगंध मेरी इंद्रियों से लिपट गई–गहरी, आमंत्रित करने वाली, लगभग प्राचीन–पर इसके अलावा कुछ भी उस किसी सराय जैसा नहीं था, जिसे मैं जानता था।

लोग कतारों में बैठे थे। एक-दूसरे की ओर नहीं–अपनी गोद में चमकते आयताकार पटलों की ओर झुके हुए। उनके कंधे एक-सी वक्रता में ढले थे। कोई बोल नहीं रहा था। कोई ऊपर नहीं देख रहा था।

"एक सराय," मैंने फुसफुसाया, "बिना बातचीत के।"

"कॉफ़ी की दुकान में स्वागत है," हन्ना ने कहा।

मेज़ों पर अकेले लोग बैठे थे, जो अकेले नहीं थे; और समूह थे, जो बोलते नहीं थे। कुछ के कानों में छोटे सफ़ेद अंकुर लगे थे–मानो अब मौन के लिए भी उपकरण चाहिए।

"लोग यहाँ काम करने आते हैं," डैनियल ने कहा।

1825 डिनर पर आया

"काम," मैंने दोहराया, "उस जगह पर जहाँ पेय परोसा जाता है।"

"इसे दूरस्थ काम कहते हैं," उसने समझाया। "अब तुम कहीं से भी अपना काम कर सकते हो।"

कहीं से भी।

मेरी दुनिया में आदमी का काम वहीं रहता था, जहाँ उसके हाथ होते थे। यहाँ हाथ वैकल्पिक हो गए थे।

पंक्ति तेज़ी से आगे बढ़ी। काउंटर के पीछे एक युवक चमकती हुई पटिया पर उँगलियाँ चला रहा था।

"क्या लेंगे?" उसने पूछा।

डैनियल ने अपने पेय का विवरण दिया–जटिल, सटीक, जैसे कोई मंत्र।

युवक ने आदेश दर्ज किया, डैनियल का नाम पूछा, उसे कप पर लिखा, और डैनियल ने अपने फ़ोन को एक काले चौकोर के पास लगाया। वह बीप कर उठा।

"तुमने इस पेय को," मैंने कहा, "क़ीमत बताए बिना ख़रीद लिया।"

"भुगतान हो गया," डैनियल बोला। "डिजिटल तरीक़े से।"

भविष्य ऐसी मुद्रा पर भरोसा करता था, जिसे कोई पकड़ नहीं सकता।

हम एक काउंटर के पास रुके, जहाँ ढक्कन, पैकेट, आवरण जमा थे–उन चीज़ों के फेंक देने योग्य रूप, जो कभी टिकाऊ हुआ करती थीं। हर वस्तु सिर्फ़ उतनी देर के लिए मौजूद थी, जितनी देर उसे फेंकने में लगती है।

1825 डिनर पर आया

एक कर्मी नाम पुकार रहा था–जैसे कोई पुजारी आशीर्वाद बाँट रहा हो।

"डैनियल के लिए–तीन मात्रा वाला जई-दूध पेय!"

डैनियल ने कप लिया और घूँट भरा। उसकी आँखें पल भर को बंद हो गईं। उसने साँस छोड़ी–वैसे ही, जैसे कोई क्षमा पाए।

"उस पेय ने तुम्हें किसी बात से मुक्त कर दिया," मैंने कहा।

"यह तो बस कॉफ़ी है," वह हँसा।

"तो तुम्हारा युग अपने पुजारियों को बहुत अच्छी तरह छुपाता है।"

हम बैठ गए।

पास की मेज़ पर एक स्त्री अपने हाथों की पटिया की ओर मुस्करा कर सिर हिला रही थी, धीमे स्वर में बोलते हुए।

"वह वीडियो बैठक में है," हन्ना ने कहा।

उसकी स्क्रीन पर छोटे-छोटे चौकोरों में चेहरे थे–दूर-दराज़ कमरों में बैठे पुरुष और स्त्रियाँ, आँकड़ों की ओर इशारे करते हुए।

"वे खिड़कियों में बात करते हैं," मैंने कहा। "क्या यहाँ किसी को पूरा कमरा नहीं मिलता?"

"यह कुशल है," डैनियल ने उत्तर दिया।

वह शब्द मुझे झाड़ू की तरह लगा–संदर्भ को लगातार बुहार कर हटाता हुआ।

1825 डिनर पर आया

खिड़की के पास, एक युवक अपने पेय का चित्र उतार रहा था, सावधानी से उसके चारों ओर घूमते हुए।

“वह क्या कर रहा है?” मैंने पूछा।

“इसे इंटरनेट पर डाल रहा है,” हन्ना ने कहा।

“किस उद्देश्य से?”

“लोगों को अपनी कॉफ़ी दिखाने के लिए।”

मैंने कल्पना करने की कोशिश की। असफल रहा।

एक युवा जोड़ा बेंच पर साथ बैठा था। उनके पेयों की गर्मी मेज़ को छू रही थी; उनकी स्क्रीन की ठंडक उनकी आँखों को। वे स्थान साझा कर रहे थे, क्षण नहीं।

“वे अपने हाथों में,” मैंने बुदबुदाया, “मेरे पूरे घर से अधिक आराम थामे हुए हैं–फिर भी कोई भी सुकून में नहीं दिखता।”

किसी ने उत्तर नहीं दिया।

एक और मेज़ पर, एक स्त्री अपने फ़ोन में बोल रही थी।

“मेरे दिन का एक हिस्सा,” वह चहक कर बोली। “कॉफ़ी लेना, सामग्री बनाना, संपादन, फिर व्यायाम।”

उसका चेहरा नीली रोशनी में नहा रहा था। वह ऐसे दर्शकों के लिए मुस्करा रही थी, जो कहीं और रहते थे।

“जब हम साथ बैठते थे,” मैंने धीरे से कहा, “तो बोलते थे। और जब अकेलापन चाहिए होता था, बाहर चले जाते थे।

1825 डिनर पर आया

यहाँ, तुम साथ बाहर जाते हो ताकि अकेले रह सको–और भीतर रहते हो ताकि पास बैठे किसी से बात न करनी पड़े।"

डैनियल अपने कप में देखने लगा।

"मैंने इसे ऐसे कभी नहीं सोचा था।"

"शायद यही सबसे असाधारण बात है," मैंने कहा।

कमरा गुनगुनाता रहा–मशीनें, बातचीत, सूचनाएँ–हर एक शालीन, हर एक किसी ऐसी चीज़ को बाधित करती हुई, जिसका अब नाम नहीं रहा।

हम निकलने के लिए खड़े हुए।

घंटी फिर बजी–औपचारिक, और अनदेखी।

बाहर, धूप बिना अनुमति के चमक रही थी। गाड़ी प्रतीक्षा में थी–चमकदार और धैर्यवान–दूरी को फिर से मिटाने को तत्पर।

"तैयार?" डैनियल ने पूछा।

"तैयार सही शब्द नहीं," मैंने कहा। "पर मुझे कोई ऐसा द्वार नहीं दिखता, जो पीछे ले जाए।"

भृंग-सी गाड़ी ने पलक झपकाई और खुल गई।

हम भीतर बैठे।

हमारे पीछे, वह मंदिर अपनी शांत पूजा जारी रखे हुए था–सिर झुके हुए, हाथ भरे हुए, कोई वेदी खाली नहीं।

1825 डिनर पर आया

अध्याय 7

कमाई हुई चीज़ों का दीर्घा-घर

गाड़ी ईंट और काँच से बनी एक इमारत के सामने रुकी—ऐसी इमारत, जो महत्त्वपूर्ण दिखना चाहती थी, पर ख़ुद भी ठीक-ठीक नहीं जानती थी कि क्यों। दरवाज़ों के ऊपर उभरे अक्षरों में लिखा था:

विरासत केंद्र

"यह जगह क्या है?" मैंने पूछा।

"एक संग्रहालय," डैनियल ने कहा। "इसके कुछ हिस्से तुम्हें परिचित लग सकते हैं।"

दरवाज़े बिना छुए हमारे लिए खुल गए—इस युग की हर चीज़ की तरह, पूछे जाने से पहले सेवा को तत्पर।

अंदर हवा ठंडी और गंभीर थी, जैसे कमरा श्रद्धा का अभ्यास कर रहा हो।

हम पहले कक्ष में पहुँचे।

श्रम का कक्ष

औज़ार दीवारों पर सजे थे—हंसिए, धोने के पटरे, करघे, मथान—सलीके से, चुपचाप, आज्ञाकारी। वे जीवन-निर्वाह के साधनों से अधिक किसी भूले हुए मौसम की स्मृतिचिह्न लगते थे।

1825 डिनर पर आया

एक पट्टिका पर लिखा था:

घरेलू श्रम (उन्नीसवीं शताब्दी)

कपड़े हाथ से धोए जाते थे।

दूसरी पर:

भोजन उत्पादन

मक्खन और मलाई हाथों से बनाई जाती थी।

तीसरी पर:

वस्त्र

कपड़े हाथ से तैयार होते थे।

शब्द सही थे, पर उनमें अनुभूति नहीं थी।

"ये तथ्य नहीं हैं," मैंने धीरे से कहा। "ये स्मृति के भार के बिना स्वीकारोक्तियाँ हैं।"

डैनियल ने भौंहें सिकोड़ लीं—नाराज़ नहीं, उलझन में।

"यह सब... सरल लगता है," उसने कहा।

"कभी नहीं," मैंने उत्तर दिया। "परिश्रम असुविधा नहीं था। वह अपनापन पाने की क़ीमत था।"

हन्ना ने निगल लिया। उसने कुछ नहीं कहा।

हम आगे बढ़े।

मेज़

1825 डिनर पर आया

अगले कमरे में एक सादी लकड़ी की मेज़ खड़ी थी—कुहनियों के स्पर्श से मुलायम, जो कभी सिर्फ़ भूख नहीं उठाती थीं। उसके चारों ओर कुर्सियाँ थीं—सीधी पीठ वाली, ईमानदार।

एक पट्टिका पर लिखा था:

सामुदायिक जीवन

परिवार मेज़ पर साथ भोजन करते और कहानियाँ बाँटते थे।

मैंने कुर्सी पर हाथ रखा।

"यहीं हमने एक-दूसरे को अर्जित किया," मैंने कहा। "यहीं आदमी अपने डर ज़ोर से कहता था। यहीं बच्चों ने जाना कि साहस की आवाज़ कैसी होती है।"

हन्ना ने धीरे से सिर हिलाया।

"हमारे पास भी मेज़ें हैं," उसने कहा। "बस... अब हम उन पर अलग तरह से बैठते हैं।"

"हाँ," मैंने कहा। "तुम्हारे शरीर यहाँ हैं। तुम्हारा ध्यान कहीं और।"

ख़ामोशी हमारे साथ बैठ गई—बिन बुलाए, पर पहचानी हुई।

शिशु-कक्ष

अगले कक्ष में एक छोटा-सा शयनकक्ष प्रतीक्षा में था। भूसे का गद्दा। लकड़ी की संदूक। पालना माता-पिता के बिस्तर के पास खींचा हुआ—इतना पास कि हर साँस सुनी जा सके।

पट्टिका पर लिखा था:

1825 डिनर पर आया

शिशु देखभाल

शिशु माता-पिता के निकट सोते थे।

“यह परंपरा नहीं थी,” मैंने कहा। “यह सावधानी थी। दूरी ख़तरा थी। निकटता सुरक्षा।”

डैनियल पालने को देखता रहा।

“हम इसे ऐसे नहीं सोचते,” उसने कहा।

“यही तो बात है,” मैंने उत्तर दिया।

चित्र

अंतिम प्रदर्श अकेला प्रतीक्षा कर रहा था।

मेरा चित्र।

नाथनियल हार्ट, 1796-1825

किसान। पिता। कारीगर।

चित्रकार ने मुझे ऐसा रूप दिया था, जैसे कोई स्वयं को समझाने को तैयार हो–और साथ ही आशा करता हो कि ज़रूरत न पड़े।

“उसने मुझे ऐसे चित्रित किया,” मैंने कहा, “ताकि कोई ऐसे आदमी को याद रख सके, जिसने अपने दिन कमाए थे।”

डैनियल ने औज़ारों को देखा, फिर मुझे।

“हम इसकी क़द्र करते हैं,” उसने धीमे कहा। “बस अब समझ नहीं आता कि इसके साथ क्या करें।”

1825 डिनर पर आया

"यही," मैंने उत्तर दिया, "मुझे सबसे कम डराता है—और सबसे अधिक उदास करता है। तुम्हें परिणाम मिले, कारण नहीं।"

हम निकास की ओर चले।

"तुम्हारे युग में आराम है," मैंने कहा। "उससे कहीं अधिक, जिसकी मैं कल्पना कर सकता था।"

डैनियल ने सावधानी से सिर हिलाया। "तो क्या कमी है?"

"वह सुकून," मैंने कहा, "कि यह सचमुच तुम्हारा है।"

बाहर की ठंड न्यायसंगत लगी—क्योंकि उसने मुझसे कुछ माँगा।

पहली बार, मुझे प्रतिस्थापित होने का एहसास नहीं हुआ।

मुझे यह ज़िम्मेदारी महसूस हुई कि क्या याद रखा जाएगा।

1825 डिनर पर आया

अध्याय 8

सुविधा के बच्चे

हम देर दोपहर घर लौटे, जब दिन अब घंटों से कम और कामों से अधिक लगने लगा था। गाड़ी ड्राइववे में गुनगुनाती हुई रुकी, और घर ने हमें भीतर खींच लिया।

एक लंबा पीला वाहन गरजता हुआ गुज़रा और फुटपाथ पर दो छोटे सवार उतार गया। उसने कृतज्ञता के लिए ठहराव नहीं किया; कर्तव्य उसे आगे ले गया।

“ये बच्चे हैं,” डैनियल ने कहा।

वे हमारी ओर दौड़े–पीठ पर थैले उछलते हुए, जैसे छोटे पैराशूट। उनके जूते बेदाग़ थे, हाथों पर कोई खरोंच नहीं, चेहरे हवा, मिट्टी या परिणाम से अछूते।

“हाय, पापा!” बड़े ने कहा, फिर मुझे देखा–डर से नहीं, जिज्ञासा से–मानो मैं कोई औज़ार हूँ, जिसका उपयोग शीघ्र समझाया जाएगा।

“ये... मिलने आए एक रिश्तेदार हैं,” डैनियल ने कहा।

लड़के ने इसे बिना सवाल स्वीकार कर लिया। रहस्य को अब कल्पना नहीं चाहिए थी–सिर्फ़ संदर्भ।

1825 डिनर पर आया

छोटी बच्ची ने अपना थैला सोफ़े पर उछाला और एक चमकती पटिया निकाल ली। उसने उसे बिना हिचक छुआ–जैसे कोई दरवाज़े का हैंडल छूता है।

“नाश्ते का समय,” हन्ना ने कहा।

खाना प्रकट हो गया–बिस्कुट, फल, दही–पहले से छीला हुआ, कटा हुआ, धुला हुआ, सुलझा हुआ। परिश्रम के बिना पोषण, दायित्व के बिना कृतज्ञता।

लड़के ने अपनी पटिया पर उँगली रखी। एक पृष्ठ खुला–काम की पंक्तियाँ, उत्तरों की प्रतीक्षा में बने खानों के साथ।

“यह क्या है?” मैंने पूछा।

“गृहकार्य,” उसने कहा। “ऑनलाइन कक्षा।”

“तुम पढ़ाई करते हो,” मैंने धीरे से कहा, “एक काँच की तख़्ती पर?”

“हाँ। अध्यापक काम इंटरनेट पर डालते हैं।”

“वे अपने घर से पढ़ाते हैं?”

उसने कंधे उचका दिए। “आसान है।”

आसान। इस सदी की लोरी।

डैनियल ने अपनी पीठ सहलाई। हन्ना ने फ़ोन छुआ। कहीं कुछ बजा–घंटी, रेफ़्रिजरेटर, या कोई और उपकरण, जो अपने अस्तित्व

1825 डिनर पर आया

की घोषणा कर रहा था। यहाँ मशीनें बातचीत के निमंत्रण का इंतज़ार नहीं करती थीं। वे उसे रचती थीं।

छोटी ने एक और चिन्ह छुआ। रंग फूट पड़े। संगीत चला। एक दुनिया उभर आई–बिना मिट्टी, बिना दूरी, बिना मूल्य।

रोशनी उसके चेहरे पर पड़ी, और एक स्मृति मेरे भीतर।

सैमुअल की स्मृति

सैमुअल मुश्किल से चार का था। बाल पकी हुई गेहूँ-सी आभा लिए, जेबों में पत्थर, पंख, डोरी–जो कुछ भी दुनिया साधारण कहना भूल जाती थी।

वह मेरे पीछे खेतों में चलता, हर पत्थर को ख़ज़ाना समझते हुए। उसकी उँगलियाँ हमेशा व्यस्त रहतीं; उसका विस्मय हमेशा मुखर।

बुख़ार बिना अनुमति आ गया। तीन रातें–प्रार्थना और भाप। चिकित्सक दूसरी रात आया–रास्ता उसके उपचार से तेज़ निकला। जब सैमुअल की साँस थमी, घर ने एक ऐसी ख़ामोशी सीखी, जिसे वह आज भी याद करता है।

एक बच्चे को चमकते चौकोर से साम्राज्य चलाते देखना–नील के बिना लड़ाइयाँ, परिणाम के बिना अभियानों–मेरे हृदय को झकझोर गया।

सैमुअल को ऐसा जादू भाता।

मुझे नहीं पता, यह बात मुझे ढाढ़स देती है या घायल करती है।

1825 डिनर पर आया

लड़की ने फिर स्क्रीन छुई। प्राणी आज्ञाकारी हो गए। बाधाएँ घुल गईं। धैर्य सिखाने जितनी देर तक कोई चीज़ अड़ी नहीं रही।

"यह क्या है?" मैंने पूछा।

"एक कार्यक्रम," उसने कहा।

"बच्चों के लिए?"

"सबके लिए।"

चरित्र ऐसे हिले, जैसे उन्होंने गुरुत्व को कभी जाना ही न हो। उनकी ख़ुशी की कोई क़ीमत नहीं थी, और वह माँग पर दोहराई जा सकती थी।

"हम बच्चों को बाहर भेजते थे," मैंने फुसफुसाया। "दुनिया की सीमाएँ खोजने।"

"और अब?" हन्ना ने पूछा।

"अब तुम उन्हें डिब्बों में भेजते हो," मैंने कहा, "और उम्मीद करते हो कि वे लौट आएँ।"

हन्ना ठिठकी–आहत नहीं, बस सजग।

"सब कुछ परदे नहीं हैं," उसने कहा। "उनकी गतिविधियाँ हैं।"

उसने गिनाईं–खेल, संगीत की कक्षाएँ, अतिरिक्त पढ़ाई। घंटे सिक्कों की तरह गिने हुए। खाली जेबों के बिना एक जीवन।

"अगर," मैंने पूछा, "किसी बच्चे के पास बरबाद करने को समय न हो, तो क्या होता है?"

1825 डिनर पर आया

किसी ने उत्तर नहीं दिया। शायद किसी ने उस ख़तरे का नाम रखना नहीं सीखा था।

एक ध्वनि हुई। हन्ना ने अपने फ़ोन की ओर देखा।

"दुकान पर कुछ भूल गई," वह बुदबुदाई। अंगूठा नाचा। "मैं मँगवा लूँगी।"

"मँगवा लूँगी," मैंने दोहराया, "उसी दुकान से, जहाँ से हम अभी आए हैं?"

"दस मिनट में आ जाएगा।"

कुछ ही क्षणों में एक युवक दरवाज़े पर थैला रख गया, उसकी तस्वीर ली, और ग़ायब हो गया। कृतज्ञता उसे छू भी न सकी।

हन्ना थैला हाथ में लिए खड़ी रही–अभी खोला नहीं। फ़ोन की रोशनी उसके चेहरे के आधे हिस्से को उजाला दे रही थी; दूसरा आधा किसी ऐसी चीज़ को याद करता दिखा, जो वह कभी थी।

"मैं कुछ भूली नहीं थी," उसने धीमे कहा। "मैं बस ख़ुद को वापस जाने के लिए मना नहीं कर पाई।"

वह फ़ोन को स्नेह से नहीं, थकान से देख रही थी।

"यह चीज़ मदद के लिए है," उसने कहा। "यही समय-सारिणी, विद्यालय का द्वार, बैंक, संदेश–सब सँभालती है। अगर मैं इसे सँभालना छोड़ दूँ, तो डर है सब बिखर जाएगा। और अगर सँभालती रहूँ... तो डर है कि मैं ही बिखर जाऊँगी।"

1825 डिनर पर आया

डैनियल हिला–निश्चित नहीं कि किसे बचाने की ज़रूरत है।

"मैं सरल बना सकती हूँ," उसने कहा। "ना कह सकती हूँ। अनुप्रयोग मिटा सकती हूँ। सब कहते हैं। पर दुनिया को इससे फ़र्क़ नहीं पड़ता कि तुम क्या मिटाते हो। वह जोड़ती ही जाती है।"

उसने वितरण का थैला मसल दिया।

"तो मैं एक बटन दबाती हूँ। दस मिनट बचते हैं। एक छोटी जीत। और पीछे रहने का एक और कारण।"

उसकी आवाज़ डूब गई।

"कभी-कभी मुझे ऊब की कमी खलती है।"

बच्चों की पटियाएँ फिर चहकीं–कहीं और से आती उजली पुकारें।

कोई नहीं हिला।

लड़का मेरे पास बैठा था, उँगलियाँ एक योद्धा को चला रही थीं, जो बिना दंड मरे और जी उठा। असफलता पलटने योग्य थी। मृत्यु अभ्यास।

"जब हम लड़े," मैंने फुसफुसाया, "तो उसका अर्थ था।"

उसने नहीं सुना।

बाद में, हन्ना ने एक बटन दबाया। एक दादी प्रकट हुई–किसी और कमरे से, किसी और राज्य से, किसी और जीवन से मुस्कराती हुई। बच्चे हाथ हिलाने लगे। उसने भी हिलाया–चमकते चौखटे में बंद, जहाँ स्नेह फैलता है, पर उपस्थिति सिकुड़ती है।

1825 डिनर पर आया

“तुमने दूरी को घुटनों पर ला दिया,” मैंने कहा, “और जगह को शोर से भर दिया।”

किसी ने उत्तर नहीं दिया।

कॉल समाप्त हुई। स्क्रीन मंद पड़ी। ख़ामोशी बैठ गई–आराम देने वाली नहीं, बल्कि व्यवधान की प्रतीक्षा करती हुई।

डैनियल खड़ा हुआ।

“हमें रात का खाना शुरू करना चाहिए।”

घर के भीतर कहीं मशीनें हरकत में आईं–मदद को तत्पर।

मैं बैठा रहा।

थकान से नहीं।

इसलिए कि मेरे भीतर कुछ समझने लगा था–सुविधा अब अनुमति नहीं माँगती।

वह पहले ही मेज़ पर अपनी जगह ले चुकी थी।

1825 डिनर पर आया

अध्याय 9

बादलों में रखा बही-खाता

रात का खाना अभी शुरू नहीं हुआ था, लेकिन घर प्रतीक्षा से ही थक चुका था। डैनियल ने अपना फ़ोन मेज़ पर रखा और मुझे अपने पास बैठने का इशारा किया।

"हम तुम्हें कुछ दिखाना चाहते हैं," उसने कहा।

मेरे समय में इस वाक्य से कभी कुछ अच्छा शुरू नहीं होता था; मुझे संदेह था कि इस सदी ने इसे सुधारा होगा।

हन्ना ने अपनी स्क्रीन छुई। एक पेड़ प्रकट हुआ—पर पेड़ नहीं। डिब्बे, रेखाएँ, नाम। पत्तों के बिना शाखाएँ। मिट्टी के बिना जड़ें।

"यह हमारा वंश-वृक्ष है," उसने कहा।

मेरी दुनिया में, इस शब्द का अर्थ एक धर्मग्रंथ होता था—जन्म हल्की स्याही से लिखे जाते, मृत्यु गहरी स्याही से, हर नाम काँपते हाथों से जोड़ा जाता। यहाँ वंश चमक रहा था। पेड़ साँस ले रहा था।

हन्ना ने चित्र को उँगलियों से सिकोड़ा, और शाखाएँ आज्ञाकारी हो गईं।

वह भीतर गई।

1825 डिनर पर आया

मेरा नाम।

नाथनियल हार्ट (1796-1825)

दो तिथियाँ। एक डैश। विराम-चिह्नों में समेटी हुई एक ज़िंदगी।

मेरे बगल में एक पत्नी–कैरोलाइन। नीचे वे बच्चे जिन्हें मैं कभी नहीं मिला, वे पोते जिन्हें मैंने कभी कल्पना में भी नहीं देखा–जब तक रेखा डैनियल तक नहीं पहुँची, जीवित, और वह गरम पेय पीते हुए जिसे वह कॉफ़ी कहता है।

उसने मेरे खाने को छुआ।

एक चित्र उभरा–वह पेंटिंग, जिसे गाड़ी वाले आदमी ने बनाया था। वह मुद्रा जिसका मुझे पछतावा था। वह अहंकार, जिसे मैंने मान लिया था कि सड़ जाएगा।

फिर भी मैं यहाँ था–स्मृति से भी अधिक निष्ठा के साथ सुरक्षित।

"हमने इसे भंडारण में सहेजा है," डैनियल ने कहा।

"भंडारण में," मैंने धीरे से दोहराया, "ताकि मैं पूरी तरह ग़ायब न हो जाऊँ।"

"ताकि सब पहुँच सकें," हन्ना ने कहा।

पहुँच–मानो मृतक दराज़ हों।

वह नीचे की ओर खिसकी। चेहरे साफ़ हुए। रंग मुस्कानों में उतर आए। झुर्रियाँ मुलायम पड़ गईं। जीवित स्वयं को परिष्कृत कर रहे थे, जबकि मृत ईमानदार ही रहे।

1825 डिनर पर आया

वंश-वृक्ष में आगे, रेखाएँ टूटीं। नई रेखाएँ उभरीं। नाम ऐसे सजा दिए गए, जैसे फ़र्नीचर।

“ये रेखाएँ,” मैंने कहा। “टूटती हैं।”

“तलाक,” डैनियल ने उत्तर दिया।

वह शब्द लकड़ी के चटकने जैसा लगा।

“कितनी बार?” मैंने पूछा।

उनकी चुप्पी ने उत्तर दे दिया।

“और बच्चे?”

“वे समय बाँटते हैं,” डैनियल ने कहा। “अलग घर। अलग दिनचर्या।”

मैंने शाखाओं को देखा–विवाह मौसमी फ़सलों की तरह जोड़े गए, मिट्टी पतली पड़ते ही परिवार फिर रोपे गए।

“तुम घरों का पुनर्निर्माण करते हो,” मैंने धीमे कहा, “मानो स्थायित्व वही हिस्सा हो, जिसे बदला जा सकता है।”

हन्ना ने साँस छोड़ी–रक्षात्मक नहीं, बस थकी हुई।

“यह जटिल है।”

“सब कुछ जटिल होता है,” मैंने कहा। “सिवाय उसके, जो मायने रखता है।”

उसने स्क्रीन बदली।

चेहरे उभरे–मुस्कराते, सजे हुए, प्रतीक्षा में।

1825 डिनर पर आया

"मुलाक़ात के मंच," उसने कहा। "लोग ऐसे मिलते हैं।"

"तुम जीवनसाथी चुनते हो," मैंने कहा, "उँगली सरकाकर?"

"और अगर नहीं?"

"तो बाईं ओर सरकाते हो।"

"उन्हें त्याग देते हो।"

उसकी मुस्कान डगमगाई। "यह... कहने का एक तरीका है।"

मैंने चेहरों को देखा–आशावान, सँवारे हुए, पलक झपकने भर में परखे गए।

हमारे बीच एक प्लास्टिक का काँटा पड़ा था, किसी ऐसे भोजन से मुड़ा हुआ, जिसे किसी ने याद नहीं रखा।

"मेरे समय में," मैंने उसे उठाते हुए कहा, "हम काँटों को मजबूती के लिए परखते थे।"

मैंने अंगूठा दबाया। वह बिना प्रतिरोध के मुड़ गया।

"तुम प्रतिज्ञाओं को सुविधा के लिए परखते हो।"

किसी ने विरोध नहीं किया।

डैनियल ने फ़ोन छुआ। एक और चेहरा उभरा–एक वृद्ध स्त्री, उजली आँखों वाली, उसका कमरा बहुत शांत। उसके पीछे मशीनें शिष्ट साक्षियों की तरह झपक रही थीं। दीवार पर एक तस्वीर टँगी थी–उसका युवा रूप, एक ऐसे पुरुष के साथ जो अब अस्तित्व में नहीं था।

1825 डिनर पर आया

“वह वृद्धाश्रम में रहती हैं,” हन्ना ने धीमे कहा।

“वह घिरी हुई हैं,” मैंने उत्तर दिया, “फिर भी अकेली।”

“वह जुड़ी हुई हैं,” हन्ना ने ज़ोर दिया। “हम रोज़ बात करते हैं।”

जुड़ी हुई–फिर भी कुछ भी उसकी त्वचा तक नहीं पहुँचता।

वह बच्चों से स्नेह से बोली। वे हँसे। वह उनके साथ हँसी। इसके पीछे कहीं वह पीड़ा ठहरी रही–याद किए जाने की, बिना थामे जाने की।

कॉल समाप्त हुई। उसका चौकोर ग़ायब हो गया। क़मरे ने मान लिया कि कुछ हुआ ही नहीं।

वंश-वृक्ष पर मेरा खाना धड़क रहा था। जन्म। जीवन। मृत्यु। अंगूठे के निशान से बस थोड़ा बड़ा।

“उन्होंने मुझे लिख दिया,” मैंने बुदबुदाया। “फिर आगे बढ़ गए। शायद यही सबसे ईमानदार श्रद्धांजलि है।”

डैनियल ने सिर हिलाया। “हमने तुम्हें भुलाया नहीं।”

“नहीं,” मैंने कहा। “तुमने मुझे बहुत ज़्यादा याद रखा।”

वह भौंहें सिकोड़ने लगा।

“इस युग में,” मैंने चमकती शाखाओं की ओर संकेत करते हुए कहा, “कुछ भी लिखा हुआ नहीं रहता। सब कुछ बदला जा सकता है।”

1825 डिनर पर आया

उसके पास उत्तर नहीं था।

रसोई में कहीं एक मशीन बीप कर उठी–किसी ऐसी चीज़ की याद दिलाती हुई, जिसे पहले ही भुला दिया गया था।

रात का खाना प्रतीक्षा कर रहा था।

स्मृति वैकल्पिक बन चुकी थी।

और स्थायित्व–मैं समझ गया–अब असुविधा की श्रेणी में डाल दिया गया था।

1825 डिनर पर आया

अध्याय 10

छोटे चमत्कारों का भोज

रसोई ऐसे जागी, जैसे किसी प्रदर्शन से पहले मंच की टोली। कोई आदेश नहीं दिए गए—हर उपकरण पहले से अपनी भूमिका जानता था।

हन्ना फुर्ती से चली—दराज़ और अलमारियाँ खोलती हुई, ऐसे डिब्बे निकालती हुई, जिनमें सामग्री से अधिक वादे भरे लगते थे। डैनियल चमकते पटल छूता, बटन दबाता, और मुलायम बीपों पर वैसे सिर हिलाता, जैसे कोई प्रशिक्षित सेवकों को स्वीकार करता हो।

यहाँ एक गूँज। वहाँ एक घंटी। घर जीवित था।

"रात का खाना देर नहीं लगेगा," हन्ना ने कहा।

मेरे लिए, भोजन हमेशा दुनिया से समझौता रहा था। आग को आज्ञाकारी बनाना पड़ता था। पानी ढोना पड़ता था। सब्ज़ियाँ छीली जाती थीं। मुर्ग़ियाँ नोची जाती थीं। मसालों के लिए मोलभाव होता था।

हर भोजन भूख और परिश्रम के बीच एक संधि था।

यहाँ, हन्ना ने जमी हुई सब्ज़ियाँ एक कड़ाही में उँडेल दीं, जो माचिस जले बिना ही ताप से फुफकार उठी। चिकन नगेट्स का एक डिब्बा एक ऐसे उपकरण में गया, जो गरम हवा को गोल-

1825 डिनर पर आया

गोल घुमाता रहा, जब तक भोजन ने समर्पण न कर दिया। एक और मशीन घूमी और भिनभिनाई, अपनी प्रगति की घोषणा ऐसे सुरों में करती हुई, मानो संतोष प्रकट कर रही हो।

ओवन बिना ज्वाला के स्वयं गरम हो गया। माइक्रोवेव–रोटी के डिब्बे से बड़ा नहीं–एक साँस छोड़ने भर में ख़ामोशी से भाप बुला लाया।

यह पकाना नहीं था। यह जादू था।

पीछे के कमरे में कुछ छलछलाया।

"वह बर्तन धोने की मशीन है," हन्ना ने कहा। "एक चक्र पूरा कर रही है।"

पूरा कर रही है–मानो वह घर की साझेदार हो, औज़ार नहीं।

बर्तन धोने की मशीन एक भोजन की स्मृति मिटा रही थी, जबकि दूसरा आकार ले रहा था। और भीतर कहीं कुछ लय में धक-धक कर रहा था–कपड़ा धातु से टकराता हुआ।

"वह सुखाने की मशीन है," डैनियल ने जोड़ा। "काम पूरा होने पर बीप करेगी।"

कपड़े और रात का खाना–वे काम जो कभी पूरे दिनों को आकार देते थे–अब बिना साक्षी के मेहनत कर रहे थे, जैसे प्रायश्चित परदे के पीछे हो।

रेफ़्रिजरेटर सफ़ेद एकाश्म-सा खड़ा था। डैनियल ने एक पटल दबाया, और ठंडा पानी गिलास में ऐसे बहा, मानो दीवार से ही जनवरी रिस पड़ी हो।

1825 डिनर पर आया

“तुम बर्फ़ का आदेश देते हो?” मैंने पूछा।

उसने कंधे उचका दिए। “पानी परिशोधित है।”

उसने यह ऐसे कहा, जैसे घर अपने चमत्कारों के लिए माफ़ी माँग रहा हो।

डैनियल ने सावधानी से पीठ सीधी की–दर्द की अपेक्षा करते हुए–फिर ठिठका।

“मेरी पीठ अब दुख नहीं रही।”

उसे तब तक पता ही नहीं चला था, जब तक उसने उसे ढूँढ़ा नहीं। यहाँ राहत इतनी साधारण थी कि ध्यान देने लायक भी नहीं लगती थी।

“तुमने एक गोली निगली,” मैंने धीमे कहा, “और पीड़ा ने आज्ञा मानी।”

उसने मुस्कराने की कोशिश की। उसके चेहरे में कुछ अड़ गया।

मेज़ भर गई। प्लेटें हल्की थीं–टिकने के लिए नहीं, भुला दिए जाने के लिए बनी हुई। प्लास्टिक के काँटे आज्ञाकारी सिपाहियों-से चमक रहे थे। भोजन बिना पसीने के भाप दे रहा था।

न कोई प्रार्थना। न कोई विराम। भोजन पहले से ही विजयी आ पहुँचा।

बच्चे चुपचाप खा रहे थे, आँखें अगले कमरे की चमकती स्क्रीन से बँधी हुई। पात्र उछल-कूद रहे थे–उजली चीज़ें, जिनका न वज़न था, न साँस, न मिट्टी।

1825 डिनर पर आया

मेरा मन पीछे लड़खड़ाया–अप्रत्याशित, अवांछित–

सैमुअल।

सैमुअल चार का था, जब उसने तय किया कि मेंढक विद्‌वान होते हैं। वह उन्हें नाले से उठाता और ऐसे व्याख्यान देता, मानो वे किसी पेशे के शागिर्द हों।

एक शाम उसे एक पंख मिला–संध्या-सा नीला–और उसने ज़िद की कि वह किसी फ़रिश्ते की जेब से गिरा है। वह उसे हर जगह साथ रखता। जब बुख़ार ने उसे जकड़ा, वह पंख उसके बिस्तर के पास पड़ा रहा।

मैंने उसे उसी के साथ दफ़न किया। वही एकमात्र ख़ज़ाना था, जिस पर उसने कभी दावा किया।

विस्मय से ध्यान हटाने के लिए उसके पास कोई स्क्रीन नहीं थी। केवल दुनिया स्वयं।

मैंने पलक झपकी। रसोई की गूँज मुझे वर्तमान में लौटा लाई।

डैनियल चबा रहा था। हन्ना काउंटर पोंछ रही थी। बच्चे रंगों के एक डिब्बे को देखते हुए आनंद सीख रहे थे–बिना परिणाम के।

"यह," मैंने कहा, "आश्चर्यजनक है।"

डैनियल मुस्कराया–मानो मैं सदी को बधाई दे रहा हूँ।

"इतनी चतुराई के साथ," मैंने पूछा, "मान लेता हूँ कि मेरे समय की महान लड़ाइयाँ जीत ली गई होंगी?"

1825 डिनर पर आया

डैनियल ठिठका। हन्ना का काँटा थम गया।

"कौन-सी लड़ाइयाँ?" उसने पूछा, जबकि प्रश्न ने ही उत्तर उजागर कर दिया।

"वे जिनसे आदमी मरते हैं," मैंने नरमी से कहा। "क्या अब कोई युद्ध नहीं? कोई बीमारी नहीं? कोई शोक नहीं, जिसका उपचार न हो?"

ख़ामोशी गाढ़ी हो गई।

"युद्ध हैं," डैनियल ने कहा। "अलग जगहें। अलग कारण।"

"और बीमारी?"

हन्ना की आवाज़ धीमी पड़ी। "कैंसर। स्मृतिभ्रंश। अवसाद। हम लड़ते हैं। हमेशा जीतते नहीं।"

"और दुःख?"

डैनियल ने नज़र फेर ली। "हमारे पास गोलियाँ हैं। चिकित्सक हैं। सहायता-रेखाएँ हैं। कुछ लोग सोने के लिए दवा लेते हैं। दूसरे जागने के लिए।"

"पर क्या वे ठीक होते हैं?"

उसने निगला। "कभी-कभी।"

मेरे हाथ में काँटा बहुत हल्का लगा।

"तुमने दूरी पर विजय पा ली है," मैंने कहा। "भूख को ललकारा है। पानी और आग पर अधिकार किया है। फिर भी मनुष्यों के घाव बने हुए हैं।"

1825 डिनर पर आया

किसी ने विरोध नहीं किया।

मशीनें गुनगुना रही थीं। प्लास्टिक खड़क रहा था। घर स्थिर साँस ले रहा था–अपने ही परिपूर्ण होने पर आश्वस्त।

सुविधा जीत चुकी थी। संतोष नहीं।

मैंने काँटा रख दिया–न क्रोध में, न नाटकीय ढंग से–बस इसलिए कि उसका उद्देश्य अब समझ में नहीं आ रहा था।

"मुझे हवा चाहिए," मैंने कहा।

डैनियल उठा। "क्या मैं–"

"नहीं," मैंने कहा। "आश्चर्य का सामना आदमी को अकेले करना चाहिए।"

मैं अभी हिला नहीं।

घर हमारे चारों ओर गुनगुनाता रहा–धैर्यवान, आत्मविश्वासी–मेरी प्रतीक्षा करता हुआ कि मैं उसकी शर्तें स्वीकार कर लूँ।

1825 डिनर पर आया

अध्याय 11

सच्ची ज़मीन की ओर लौटती राह

घर ने मेरी विदाई बिना अनुमति माँगे दर्ज कर ली।

“मुख्य द्वार खुला,” उसने अपनी अभ्यास-सी, मधुर आवाज़ में घोषणा की।

मेरे पीछे दरवाज़ा टिक की आवाज़ के साथ बंद हो गया।

मेरे निकलने तक का हिसाब रखा गया था।

शाम की हवा ने मुझे घेरा–न ठंडी, न गरम–पर सत्यपूर्ण।

आकाश दिन और रात के बीच की उस दुविधा में अटका था–जहाँ परछाइयाँ धैर्यवान होती हैं और प्रकाश बिना प्रतिरोध के हार मान लेता है।

मेरे समय में यह वह घड़ी होती थी–जब पुरुष बाड़ों और पशुओं की जाँच करते थे, और स्त्रियाँ खेतों से बच्चों को बुलाती थीं।

यहाँ केवल संकेत एकत्र किए जाते थे।

घर पीछे गुनगुना रहा था–यंत्र साँस लेते हुए, सोचते हुए, याद रखते हुए।

श्रम अब मनुष्यों द्वारा नहीं किया जाता–दीवारें उनके स्थान पर करती थीं।

1825 डिनर पर आया

मैं बरामदे से उतरा।

सड़क मेरे पैरों तले बहुत चिकनी थी–बहुत निश्चित–मानो किसी ऐसे व्यक्ति का वादा हो जो उसे निभाने का इरादा न रखता हो।

दोनों ओर घर चमक रहे थे–हर एक डिब्बा–अंदर नियंत्रित मौसम और सावधानी से चुनी गई रोशनी।

खिड़कियों से मैं आकृतियाँ देख सकता था–परिवार सुसंगठित पंक्तियों में बैठे हुए, चेहरों पर नीली आँच की चमक।

कोई बोल नहीं रहा था।

सब देख रहे थे–उस चीज़ के अधीन–जिसे किसी ने आमंत्रित नहीं किया था–पर सब उसकी सेवा कर रहे थे।

एक गाड़ी की रोशनी सड़क पर फैली–तेज़, उदासीन, उद्देश्यपूर्ण।

इतनी शक्ति–खड़ी हुई।

इतनी गति–आदेश की प्रतीक्षा में।

लानें इतनी करीने से कटी थीं–मानो किसी अनुशासन का प्रमाण हों, आनंद का नहीं।

न मिट्टी का एक पैबंद।

न एक भी छोड़ा हुआ खिलौना।

कोई संकेत नहीं कि किसी ने नंगे पाँव धरती को छुआ हो।

आँगन–क्षेत्र नहीं–पुरस्कार थे।

1825 डिनर पर आया

मैं और आगे बढ़ा।

दिन अपने आप को स्मृति में खोल रहा था– कुएँ से ठंडा पानी नहीं–उससे भी ठंडा पानी नल से।

अग्नि नहीं–दीवारों में बंद गर्मी।

भोजन–मशीनों द्वारा तैयार–जिन्हें पसीना नहीं आता।

दर्द–गोलियों से चुप कराया गया।

एकाकीपन–परदों से सील दिया गया।

स्मृतियाँ–ऐसे सहेजी गईं–जैसे किसी अलमारी में रखे कागज़।

कुछ भी दुष्ट नहीं था।

सब कुछ प्रभावशाली था।

और फिर भी...

मुझे यह एहसास नहीं छोड़ रहा था–इस सदी ने हर असुविधा को ठीक किया–पर स्वयं को नहीं।

कहीं दूर एम्बुलेंस चीखी।

ध्वनि उठी, गिरी, और व्यस्त मौन में समा गई–एक ऐसा मौन जो शांत नहीं, बल्कि अत्यधिक भरा हुआ था।

शहर नहीं रुका।

कुछ नहीं बदला।

1825 डिनर पर आया

आपातकाल–अब दिनचर्या का हिस्सा था–एक और ध्वनि–संगीत में गुम।

पगडंडी पेड़ों की ओर मुड़ी–जो यहाँ उपस्थित होने पर शर्मिंदा लग रहे थे।

उनकी जड़ें उथली थीं।

उनका उद्देश्य–सजावटी।

पर उनके पीछे–कुछ पुराना प्रतीक्षा कर रहा था।

पत्थरों की नोकों ने ढलती रोशनी पकड़ी।

एक कब्रिस्तान।

अवश्य।

समय के कई भेस होते हैं–पर सत्य अंत में पत्थर पहनकर ही आता है।

फाटक ने मेरा स्वागत नहीं किया–बस बर्दाश्त किया।

जब मैंने उसे धक्का दिया, वह कराह उठा–जैसे उसे इस्तेमाल होने की आदत न रही हो।

उसकी प्रतिरोधकता से मुझे राहत मिली।

आज बाकी सब कुछ बहुत आसानी से झुक गया था।

अंदर भूमि बदल गई।

घास असंवरी हुई।

1825 डिनर पर आया

धरती उन स्थानों पर धँसी–जहाँ जीवन आकर ठहर गया था।

पत्थर साफ़ पंक्तियों में नहीं थे–वे झुके हुए, टूटे हुए, समर्पित थे।

कुछ नाम अब भी तीखे थे–चुभन वाले।

कुछ लगभग मिट चुके–मानो स्मृति ने कंधे उचकाकर आगे बढ़ना सीख लिया हो।

मैं भीतर गया।

मेरे पिता कहते थे–कब्रिस्तान दो सत्य सिखाता है:

मनुष्य क्या था– और वह क्या बनने से बच गया।

उनका मानना था–श्रम चरित्र दिखाता है।

परिश्रम प्रमाण है।

दर्द–साक्षी।

"सुविधा एक चोर है," उन्होंने एक रात कहा था–अँधेरे में पाइप जलाते हुए।

"यह आदमी की वह मांसपेशी चुरा लेती है–जो आत्मा उठाने के लिए चाहिए।"

मैं तब बहुत छोटा था–समझ नहीं पाया।

मुझे लगा वह आलस्य से डरते हैं।

आज–इन पत्थरों के बीच–जहाँ कोई वादा नहीं, केवल हिसाब था–मैं समझ गया:

1825 डिनर पर आया

उन्हें ऐसी दुनिया का भय था जहाँ जीवन अपने स्वामी से कुछ भी न माँगे।

जहाँ आदमी–पालने से चिता तक–कभी ऐसा बोझ न उठाए–जो उसे आकार दे।

यहाँ हर पत्थर–हर नाम–एक मूल्य लिए था।

मौसम ने उन्हें घिसा था–पर वह तथ्य नहीं मिटा सके–कि कभी कोई व्यक्ति था–जिसने प्रतिरोध का सामना किया।

आज मैंने जिस भविष्य को देखा–वह प्रतिरोध मिटा चुका था–

और फिर आश्चर्य करता था

कि किसी को अपनी जगह क्यों नहीं मिल रही।

मैंने हाथ एक पत्थर पर रखा–जिसका नाम समय में घुल चुका था।

वह ठंडा था।

उसे फ़र्क नहीं पड़ा कि मैं उसे छू रहा हूँ।

उसके पास न कोई सूचना भेजने की आवश्यकता थी, न कोई रिकॉर्ड अपडेट,

न कोई नया संस्करण दर्ज।

यहाँ कोई बैकअप नहीं थे।

पीछे एक खिड़की जली।

1825 डिनर पर आया

एक लड़का–शायद डैनियल का बेटा–मुझे देख रहा था।

रौशनी में उसका चेहरा अनिश्चित था–मानो उसे आभास हो चुका हो कि कुछ वास्तविक–घर से बाहर चला गया है– और शायद वापस न लौटे।

उसने हाथ उठाया–आधा इशारा, आधा सवाल।

मैंने उत्तर नहीं दिया।

मौन हमारे बीच फैला–निर्मल, अस्पष्ट, बिना अर्थ दिए।

हवा चली–किसी ने ध्यान नहीं दिया।

मैंने पत्थर पर उंगलियाँ फेरीं–उसकी किरकिराहट ने मेरी त्वचा को काटा।

यह कमाई हुआ महसूस हुआ।

ऐसा कुछ–जो मेरे मत की अपेक्षा नहीं करता था।

मैंने पीछे एक बार देखा– संशय से नहीं– बल्कि यह देखने के लिए कि मैं क्या छोड़ रहा हूँ।

पूरा युग–सुविधाओं, चतुराई, और बनावटी चमत्कारों का– एक ऐसे दीपक की तरह चमक रहा था–जिसमें बाती नहीं थी।

सुंदर।

भारहीन।

निश्चिंत।

मैं मुड़ा।

1825 डिनर पर आया

यहाँ–पत्थरों के बीच–कुछ नहीं गुनगुनाता था।

कुछ नहीं चमकता था।

कुछ भी मेरे जीवन को उठाने का दावा नहीं करता था।

यहाँ–सत्य इतना ठोस था– कि आदमी उस पर झुक सकता था– और उसके पार नहीं गिरता।

यहाँ–परिश्रम का अर्थ था।

यहाँ–मौन दोष नहीं– सबूत था।

मैं ठहर गया।

गुम होने से नहीं– स्वयं को पा लेने से।

भविष्य ने मुझे सब दिया– सिवाय एक ऐसी जगह के–जहाँ मैं खड़ा हो सकूँ।

कब्रों ने निश्चितता दी– पर निश्चितता उद्देश्य नहीं होती।

मैंने एक टूटे हुए नाम को उँगली से छुआ– बीते युग के लिए कोई लालसा नहीं उठी– सिर्फ़ आने वाले युग के लिए एक बेचैनी।

रात ने फुसफुसाया– आदमी वहाँ नहीं रह सकता– जहाँ उससे कोई ताक़त नहीं माँगी जाती।

मैंने पत्थरों की ओर देखा– स्थिर, पूर्ण, समाप्त– और समझ गया– मृत मुझसे कुछ नहीं माँगते।

जीवित–कुछ और बात है।

1825 डिनर पर आया

अध्याय 12

सीमारेखा पर खड़ा बच्चा

मैं कब्रिस्तान से निकला और उस ओर लौटा जहाँ मुझसे अब भी कुछ अपेक्षित था।

जब मैं पहली बार इस युग में आया था, मैंने सोचा था कि दुश्मन मशीनें हैं।

अब, उनकी रोशनी के नीचे खड़े होकर, मैं अपनी भूल समझ गया।

दुश्मन–भूल थी।

चाबी गुम करने वाली भूल नहीं– क़ीमत भूल जाने वाली भूल।

ये घर ऐसे लोगों से भरे थे–जिन्होंने कभी अपने आराम की क़ीमत से मुंहामुखी नहीं की;

जिन्होंने सुविधा विरासत में ली–पर उसकी कथा नहीं।

फिर भी–कहीं भीतर–बच्चे अब भी यह सीख रहे थे कि दुनिया किस चीज़ से बनी है।

वे उसी पर विश्वास करेंगे–जो उन्हें पर्याप्त बार दिखाया जाएगा।

गुनगुनाहट गाढ़ी हो गई।

आगे डैनियल का घर–मेरा घर जो मेरा नहीं था–दिखाई दिया।

1825 डिनर पर आया

बरामदे की रोशनी पहरा दे रही थी–सीढ़ियों पर पालतू उजाले का एक घेरा डालकर।

यह एक छोटा सूरज था–बाक़ी हर चीज़ की तरह वश में किया हुआ।

मैं पगडंडी पर चढ़ा।

कंकड़ मेरे जूतों के नीचे चरमराए–एक ऐसा स्वर, जिसे इस सदी ने अभी तक घिसकर ख़त्म नहीं किया था।

बरामदे की रोशनी और तेज़ हो गई–जैसे उसे कुछ मिल गया हो, जिसे वह साफ़-साफ़ दिखा सकती है।

दरवाज़े के पास लगी काँच की पट्टी के पीछे एक साया हिला।

परदा झिझका, फिर थोड़ा हटकर–एक आँख भर जगह खुली।

लड़का।

डैनियल का बेटा मुझे ऐसे देख रहा था, जैसे उसे ऐसा नहीं करना चाहिए–और चीज़ों को सचमुच देखने का यही एक ईमानदार तरीक़ा है।

उसके बालों में छोटी-छोटी बग़ावतें थीं।

चेहरा अभी इतना कोमल था कि हर भावना वहाँ अपना निशान छोड़ सकती थी।

हम शीशे के आर-पार एक-दूसरे को देखते रहे।

उसने कोई यंत्र नहीं उठाया।

1825 डिनर पर आया

किसी बड़े को नहीं पुकारा।

बस देखता रहा–मतलब के लिए लालची निगाहों के साथ।

उस क्षण में मुझे वह दिखाई दिया–जो पीछे छूटे पत्थर कभी अपने भीतर पकड़ नहीं सकते थे–और जो उसके पीछे लगे परदे कभी दे नहीं सकते थे।

भविष्य औज़ार नहीं, मैंने सोचा।

भविष्य–वे हाथ हैं, जो उन्हें सबसे पहले सीखते हैं।

दरवाज़ा ज़रा-सा खुला–अंदर से जंजीर ने उसे रोक रखा था–जैसे पड़ोसियों से अधिक भरोसा लोहे पर हो।

"माँ कह रही हैं, हम सोने की तैयारी कर रहे हैं," उसने फुसफुसाकर कहा–जैसे कोई अपराध स्वीकार रहा हो। "उन्होंने सोचा, आप जा चुके हैं।"

"मैं जा चुका था," मैंने कहा। "पर ज़मीन ने मुझसे बहस कर ली।"

वह भौंहें सिकोड़कर देखने लगा–उलझन से नहीं–ध्यान से।

बच्चों को पहेली पसन्द नहीं होती–जब तक वे यह न जान लें कि वे खुद भी एक पहेली के भीतर रहते हैं।

"क्या आप... वापस जा रहे हैं?" उसने पूछा।

"किधर?" मैंने कहा।

उसने कुछ सोचा–फिर कंधे उचकाए–उस ईमानदारी के साथ, जिसे अभी तक दिखावा करना नहीं सिखाया गया।

1825 डिनर पर आया

उसने पीछे की ओर देखा।

भीतर से एक दबा हुआ स्वर उसका नाम पुकार रहा था–हन्ना की आवाज़–जिसमें अधूरे कामों की थकान झलकती थी।

"आ रहा हूँ!" उसने ऊँची आवाज़ में जवाब दिया, फिर फिर से धीरे बोला।

"पापा कहते हैं, आप बहुत पुराने समय से आए हैं।"

"हाँ," मैंने कहा। "और तुम–मेरे बहुत आगे के समय से हो।"

"वहाँ... अच्छा है?" उसने पूछा। "जहाँ से आप आते हो?"

प्रश्न निर्मल था।

उसे इतिहास नहीं चाहिए था–दिशा चाहिए थी।

"कठिन था," मैंने कहा। "और सीधा-सादा।

इसलिए नहीं कि हम बेहतर थे–बल्कि इसलिए कि दुनिया हमें अपने आप से भागने के इतने रास्ते नहीं देती थी।"

उसने मेरे हाथों की ओर देखा।

उन पर अब भी पुरानी मिट्टी की परत थी–जो किसी पानी से पूरी तरह नहीं जाती।

"पापा के हाथ दुखते हैं," उसने कहा, "पर वे ऐसे नहीं दिखते।"

मेरे पास ऐसा कोई उत्तर नहीं था–जो उसके सोने से पहले वाले क्षण में समा सके।

1825 डिनर पर आया

अंदर से घर की आवाज़ वापस आई।

"मुख्य द्वार खुला है," उसने घोषणा की। "मुख्य द्वार खुला है।"

एक विचार–जो पूरे दिन चुपचाप खड़ा रहा था–अब आगे आया।

आज मुझे इस युग के सारे वेदी-स्थल दिखाए गए थे–बाज़ार, औषधालय, परदे, रोशनी से लिखी गई सूचियाँ।

मैंने सुविधा की क़ीमत चेहरों और पीठों पर देखी–जो अब यह भी नहीं जानती थीं कि किस बोझ ने उन्हें झुका दिया।

मैंने अपने ही संसार का संग्रह देखा–आवश्यकता से खाली करके सजावट के रूप में बेच दिया गया।

यदि इस जगह में अब भी कोई चीज़ है–जो दिखावे और उपयोग के बीच अंतर सीखने की क्षमता रखती है– तो वो दीवारों में गुँथे यंत्र नहीं थे।

वो ये आँखें थीं–जो मेरे सामने खड़ी थीं।

मैंने जेब में हाथ डाला।

मेरी उंगलियाँ चाकू से टकराईं।

उसमें देखने लायक कुछ खास नहीं था–बस एक मोड़कर रखा जा सकने वाला जेब-चाकू–जिसका लकड़ी का हत्था वर्षों की मेहनत से चिकना हो चुका था।

धातु पर धार-पत्थर के हल्के खरोच थे–और थोड़ी-सी जंग की परछाईं–जैसी ईमानदार लापरवाही से आती है।

1825 डिनर पर आया

उसने अनाज की बोरियाँ खोली थीं, रस्सियाँ काटी थीं, जुए की मरम्मत की थी, रोटी के टुकड़े किए थे– और एक बार, एक ऐसे कठिन दिन पर जिसे मैं भूलना नहीं चाहता था, मैंने उसी से बाड़ के खंभे पर एक निशान काटा था– ताकि वह दिन स्मृति में बना रहे।

यहाँ आने के बाद से यह मेरी जेब में पड़ा रहा–एक ऐसी भाषा का रहस्य बनकर–जिसे अब कोई नहीं बोलता।

मैं एक ऐसी दुनिया के भीतर–अपनी दुनिया का एक टुकड़ा लिए घूम रहा था–जो अब नहीं जानती थी कि उसका क्या करना है।

मैंने चाकू को थोड़ा-सा खोला–बस इतना कि कुंडी की तनावट महसूस हो सके–फिर वापस बंद कर दिया।

धार हमेशा एक सवाल होती है;

बंद धार–एक ऐसा सवाल–जो उन हाथों की प्रतीक्षा करता है–जो समझते हों कि वह क्या कर सकती है।

लड़का उसे ऐसी नज़र से देख रहा था–जिसे कोई सिखा नहीं सकता।

"क्या यह... ख़तरनाक है?" उसने पूछा।

"जो चीज़ उपयोग के काबिल है," मैंने कहा, "वह तब तक ख़तरनाक होती है–जब तक तुम उसे उपयोग करना सीख न लो।"

उसने चाकू को वैसे देखा–जैसे कोई आदमी पहली बार हल देखता है–सतर्क, खिंचा हुआ, इस बात से अवगत कि इसके भीतर कुछ ऐसा है जो उसे बदल सकता है।

1825 डिनर पर आया

भीतर से डैनियल की आवाज़ आई–उसका नाम पुकारते हुए–स्नेह और थकान बराबर हिस्सों में।

“तुम्हें अंदर जाना चाहिए,” मैंने कहा।

“मुझे नींद नहीं आ रही,” उसने कहा।

“बच्चे ऐसे ही शुरू होते हैं,” मैंने कहा।

“उन्हें तो बड़े लोग सिखाते हैं–कि दिन ख़त्म होने से पहले थक जाना क्या होता है।”

वह मुस्कुराया–समझने से नहीं–बल्कि इसलिए कि उसे स्वर में सच्चाई का स्वाद मिला।

मैं बरामदे पर चढ़ आया।

घर ने फिर आवाज़ दी–नौकर की तरह समय पर।

“हलचल दर्ज,” उसने कहा। “सामने का बरामदा।”

मैंने उसकी बात अनसुनी कर दी।

दरवाज़े के दाहिनी ओर, एक पतली रेलिंग थी–ठीक बच्चे की आँख के बराबर ऊँचाई पर।

मैंने चाकू वहीं रख दिया–मोड़कर, हत्था बाहर की ओर, धार भीतर छुपी हुई।

वह शांत पड़ा रहा–दुर्घटना की पहुँच से ज़रा ऊपर–चुनाव की पहुँच के भीतर।

लड़का उसे देखता रहा।

1825 डिनर पर आया

“आप क्या कर रहे हैं?” उसने फुसफुसाकर पूछा।

“कुछ ऐसा छोड़ रहा हूँ,” मैंने कहा, “जिसे तुम्हारी सदी ने अभी तक सजावट में नहीं बदला।”

उसने निगलकर पूछा, “पापा नाराज़ होंगे?”

“शायद,” मैंने कहा। “पिताओं को यह अधिकार है–कि अपने बच्चों के पास छोड़ी गई तेज़ चीज़ों पर चिन्ता करें। मेरा अपना पिता भी करता था।”

“क्या मैं... इसे उठा लूँ?” उसने पूछा।

“नहीं,” मैंने कहा। “तुम पहले इसे देखो।

इतनी देर तक–कि तय कर सको–तुम सीखना चाहते भी हो या नहीं, कि यह किस काम आता है।

उन औज़ारों में अधिक ख़तरा होता है–जिन्हें तुम समझने की कोशिश ही नहीं करते–बनिस्बत उन के–जिनका उपयोग तुम्हें सिखाया जाता है।”

वह सिर हिलाने लगा–मुझे लगा, शब्दों से अधिक वह उनके एहसास को याद रखेगा।

अंदर, गलियारे के उस तरफ़ एक परदा बोल रहा था–किसी और की कहानी इस घर में उतर रही थी–रात को चित्रों से भरने के लिए तैयार।

हन्ना के क़दम कमरे-से-कमरे में घूम रहे थे–कपड़े, उम्मीदें, और थकी हुई चुप्पी उठाए।

1825 डिनर पर आया

फ़्रिज़ ने आह भरी।

ताप-नियंत्रक ने क्लिक किया।

घर के सारे नौकर–बिना सोए काम करते रहे।

सिर्फ़ बच्चा ही था–जो अभी तय कर रहा था–कि उसे किसकी सेवा करनी है।

उसने फिर मेरी ओर देखा।

"क्या हम आपको कल भी देखेंगे?" उसने पूछा।

बच्चे हमेशा कल के बारे में पूछते हैं।

बड़े–अपने आप को यह प्रश्न पूछने से रोकना सीख लेते हैं।

"मुझे नहीं पता," मैंने सच्चाई से कहा। "कल–तुम्हारा है, मेरा नहीं।"

"यह बात समझ में नहीं आती," उसने कहा।

"आ जाएगी," मैंने उत्तर दिया। "यदि तुम इतने भाग्यशाली रहे–कि ऐसे समय तक जी सको–जो तुमसे अब भी कुछ माँगता हो।"

उसने भ्रूभंग बनाया–जैसे किसी उलझन को अपने भीतर जमा कर रहा हो।

"दरवाज़ा बंद करो, प्यारे," हन्ना ने पुकारा। "हवा बाहर जा रही है।"

लड़के का हाथ कुंडी पर गया।

1825 डिनर पर आया

उसने एक बार फिर रेलिंग पर रखे चाकू को देखा, फिर मुझे।

"यह... उसी समय का है?" उसने पूछा। "जहाँ से आप आए हो?"

"यह उस समय का है," मैंने कहा, "जब हम चीज़ों को फेंकने से पहले उन्हें फिर से ठीक करना जानते थे।"

उसने सिर हिलाया—पूरी तरह समझे बिना—पर मुझे यक़ीन था कि वह मेरे स्वर का बोझ ज़रूर याद रखेगा—जब भी उसे वह चाकू याद आएगा।

दरवाज़ा धीरे-धीरे बंद होने लगा।

"मुख्य द्वार बंद," घर ने प्रसन्नता से बताया।

"प्रणाली सक्रिय।"

कुंडी लगी।

बरामदे की रोशनी फिर गुनगुनाने लगी।

शीशे के पीछे लड़के का चेहरा एक क्षण को और ठहरा—फिर परदा गिरते ही ओझल हो गया।

मैं फिर अकेला था।

इसलिए नहीं कि आस-पास कोई नहीं था, बल्कि इसलिए कि मेरे और उनके बीच बहुत सारी दीवारें खड़ी थीं— जो मेरी बात तक पहुँचने से पहले ही उत्तर दे देती थीं।

मैं बरामदे से उतर आया।

1825 डिनर पर आया

घर के चारों ओर का उजाले का घेरा पीछे छूट गया–जैसे किसी ने ज़मीन पर दिन की एक गोल परत गिराई हो–और फिर उसे उठाना भूल गया हो।

उसके आगे गली ने गहरे अँधेरे को सौंप दिया।

मशीनों की गुनगुनाहट धीमी होकर पृष्ठभूमि में चली गई।

हवा सड़क के साथ बहती रही–कटी हुई घास की हल्की गंध, दूर की धुएँ की महक–और उन दोनों के पीछे कुछ और पुरानी खुशबू लिए हुए–ऐसी मिट्टी, जिसे परवाह नहीं कि उस पर कौन-सा शताब्दी पैर रख रही है।

मुझे नहीं पता था, मैं कहाँ जा रहा हूँ।

पीछे लौटना अब सम्भव नहीं था;

मैं इतना जान चुका था कि वापस अपने छोड़े हुए दिनों में फिट नहीं हो सकता था।

आगे बढ़ना–इस युग के भीतर–मतलब था एक ऐसे घर में जिज्ञासा की तरह जीना–जो अपनी ही आवाज़ पर मुझसे ज़्यादा भरोसा करता था।

पर इन दो असम्भवताएँ के बीच–एक बच्चा खड़ा था–जो एक ऐसे चाकू को देख रहा था–जिसका उपयोग उसे अभी कोई नहीं सिखा पाया था।

मेरे लिए–वह पर्याप्त था।

1825 डिनर पर आया

दुनिया को उन पुरुषों की लालसा नहीं बचाती–जो बीत चुके समय को वापस चाहते हैं।

दुनिया को वे लोग बदलते हैं–जो बच्चों को सिखाते हैं कि जो अभी बचा है–उसे कैसे उठाना है।

यदि इस युग को मेरी यात्रा से कुछ भी याद रहना है– तो कम-से-कम उन्हें यह तय करना ही होगा–कि एक ऐसी वस्तु के साथ क्या करें–जो न टूटती है, न फौरन फेंकी जा सकती है।

चाकू बरामदे की रेलिंग पर रखा रहेगा–जब तक कोई उसे हटा न दे।

शायद डैनियल उसे खींच लेगा–और उसके लिए शब्द होगा–"ख़तरा।"

शायद हन्ना उसे किसी दराज़ में छुपा देगी–कैंची और रस्सी के साथ।

शायद लड़का–कभी बाद में–घर की खामोशी में–उसे उठाएगा–और उसके वज़न को महसूस करेगा–उस सावधानी के साथ–जो जानती है कि सचमुच की चीज़ें काट सकती हैं।

मैं उसके लिए यह चुनाव नहीं कर सकता था।

मैं सिर्फ़ इतना कर सकता था–कि कुछ वास्तविक उसके हाथ की पहुँच में छोड़ दूँ।

ऊपर आसमान और गहरा हो गया।

1825 डिनर पर आया

घरों की चमक के बीच से तारे झाँकने लगे–ज़िद्दी, धैर्यवान, अपनी चौकी छोड़ने को तैयार नहीं।

उन्होंने मेरा पहला जीवन भी देखा था– और अब इस जीवन को भी देख रहे थे–जो अपनी ही खोजों में लड़खड़ा रहा था।

"तुम्हें बहुत कुछ दिया गया है," मैंने उन्हें देखते हुए बुदबुदाया– डैनियल, हन्ना और लड़के को याद करते हुए–

"काश कोई तुम्हें यह भी सिखा दे–कि इस सौदे में जो सच मायने रखता है–उसे खोना नहीं।"

कोई जवाब नहीं आया।

हवा कम ही बहस करती है।

मैं आगे बढ़ता गया–घर और उसकी रोशनी से दूर–उस अँधेरे की पट्टी में–जो मुझसे कुछ भी नहीं माँगती थी–और बदले में कुछ वादा भी नहीं करती थी।

हर क़दम मुझे भागने जैसा कम, और उस विश्वास की आज्ञा जैसा अधिक लगा–जो मैंने अपनी पहली मशीन देखने से बहुत पहले सीख रखा था:

आदमी का काम उसकी मौत पर पूरा नहीं होता।

वह तब पूरा होता है–जब कोई भी यह सीखने को तैयार न रहे– कि उसने क्या उठाया था।

यदि इस युग में कोई आशा है–तो वह बंद दरवाज़ों और जल्दी सोने के समय के पीछे है–उन छोटे हाथों में–जो अभी वस्तुओं के वज़न और "नहीं" के अर्थ को सीख रहे हैं।

1825 डिनर पर आया

उन्हें मत बिगाड़ो, मैंने सोचा– न ऐसे आराम से, जिसकी कोई क़ीमत न हो, न ऐसी कहानियों से–जो उनसे कुछ न माँगें।

उन्हें कुछ सीधी-सादी चीज़ें दो– कुछ सच्चा, कुछ ऐसा–जो उनका विरोध करे–बस इतना कि उन्हें पता चले, वे कौन हैं।

धार जो कुंद होती है।

कुर्सी जो फिर से जोड़नी पड़ती है।

एक दिन–जो परदे पर खत्म नहीं होता।

मुझे नहीं पता था–कोई यह प्रार्थना सुनेगा या नहीं।

पर मैंने उस के पक्ष में–एक छोटा-सा तर्क–एक ऐसे बरामदे पर रख छोड़ा था–जो बिना कमाए गरमाहट से भरा था।

रात मेरे आगे खुल गई।

मैं उसमें उतर गया।

कुछ देर बाद–जब घर शांत हो चुका था–लड़का बरामदे पर आया।

रात हल्की हो चुकी थी–पर चाकू वहीं था–ठीक उसी जगह–जहाँ रखा गया था।

उसने पीछे मुड़कर देखा–मानो उम्मीद कर रहा हो कि कोई उसे बताएगा–यह किस काम आता है।

1825 डिनर पर आया

किसी ने नहीं बताया।

उसने दोनों हाथों से उसे उठाया–उसके वज़न पर आश्चर्य हुआ।

चाकू ने कुछ नहीं किया।

कोई वादा नहीं किया।

बस इतना किया–कि छूते ही ग़ायब नहीं हुआ।

अंदर–एक परदा रंगों के साथ जग उठा–उससे कुछ भी माँगे बिना उसे बुलाते हुए।

उसने उसकी ओर देखा–फिर वापस चाकू की ओर।

उसने धार नहीं खोली।

उसे चलाया नहीं।

बस इतना किया–कि उसे इतना देर पकड़े रखा–कि अंतर महसूस हो सके।

बरामदे पर से हवा गुज़री– और एक क्षण के लिए–वह उसके साथ नहीं हिला।

अंदर की रोशनी ने फिर झपकी ली–आसान रास्ता पेश करते हुए।

वह उस चमक और अँधेरे के बीच खड़ा रहा– हाथ में ऐसी वस्तु लिए हुए–जो पलटकर चमकने से इंकार करती थी।

1825 डिनर पर आया

उपसंहार

आपने अभी-अभी एक अजीब रास्ता तय किया है–एक ऐसे आदमी के साथ, जिसका इरादा कभी इस राह पर चलने का था ही नहीं।

नाथानिएल हार्ट को न तो हमारे समय को डाँटने के लिए बनाया गया, न अपने बीते युग को देवता बनाने के लिए।

उसका संसार इतनी कठोरता से भरा था कि हम आज उसे सह न सकें, और हमारा संसार ऐसे बोझ से भरा है–जिसकी कल्पना वह नहीं कर सकता था।

हर युग अपने चमत्कार लेकर आता है–और हर चमत्कार अपनी अलग क़ीमत माँगता है।

उसकी हैरानी पढ़ते हुए उस पर मुस्कराना आसान है– जैसे हमारे समय में जीते हुए

अपने ही आश्चर्यों को न देख पाना आसान हो गया है।

जिसने उसे भीतर तक हिला दिया– हम उसे बस "मंगलवार" कहकर पार कर जाते हैं।

हम गति पर चकित नहीं होते–क्योंकि हमने धीमेपन को भुला दिया है।

1825 डिनर पर आया

हम गर्म पानी को दुआ नहीं देते–क्योंकि उसने हमें कभी धोखा नहीं दिया।

हम अनगिनत विकल्पों पर सवाल नहीं उठाते–क्योंकि हमने कभी उनकी कमी नहीं देखी।

सुविधा, साँस की तरह, उन लोगों की नज़र से ओझल हो जाती है–जो उसे हर पल लेते रहते हैं।

नाथानिएल की उलझन कोई अभियोग नहीं, एक दर्पण है।

उसने हमारे औज़ारों को दोष नहीं दिया;

उसने बस वह क़ीमत सामने रख दी– जो अब हमारे हाथों से नहीं, हमारी ध्यान-शक्ति से वसूली जाती है।

हमारी मौजूदगी से।

हमारी उस तत्परता से– जिससे हम किसी क्षण के भीतर टिके रहें– बिना उसे किसी और के हवाले किए।

हम किसी शापित समय में नहीं जी रहे।

हम एक अजाँचे हुए समय में जी रहे हैं।

जो सामान्य लगता है, वह शायद सिर्फ़ आदत हो।

जो अनिवार्य लगता है, वह शायद सिर्फ़ बार-बार दोहराया गया चुनाव हो।

बीते हुए समय से जलन रखने में कोई गुण नहीं।

1825 डिनर पर आया

पर इतना विवेक अवश्य है– कि हम यह देख सकें कि आज का दिन कितनी आसानी से हमारी रज़ामंदी के बिना भी हमसे फिसल जाता है।

गर्म पानी, शीत-गृह, दवाई– ये प्रलोभन नहीं हैं– ये नेमतें हैं।

किसी चीज़ का आसान हो जाना हमें उसकी क़ीमत समझने से मुक्त नहीं करता।

नाथानिएल इस दुनिया से इसलिए नहीं हट गया कि यह बुरी थी।

वह थोड़ा दूर इसलिए हो गया– क्योंकि यह बहुत शोर वाली थी।

काश हम– किसी और को सदियों का सफ़र तय करने की ज़रूरत पड़ने से पहले ही– यह सीख लें कि हम अपने चमत्कारों के भीतर रहना कैसे है, सिर्फ़ उनके साथ बहते कैसे नहीं चले जाना।

कि हम अपने औज़ारों का उपयोग करें– बिना उन्हें अपने स्वरूप की आख़िरी परिभाषा बनने दिए।

कि हम अपने समय के बीच में खड़े रहना सीखें– बिना इस डर के कि यह हमें बहा ले जाएगा और हमें ख़ुद को देखते रहने का भी अवसर नहीं देगा।

नाथानिएल के साथ चलने के लिए– और मेरे साथ चलने के लिए– आपका धन्यवाद।

–लेखक

इस लेखक की अन्य कृतियाँ

पागलपन का युग

आधुनिक भावनात्मक पतन का तीखा, व्यंग्यात्मक परीक्षण– जहाँ भावनाएँ तथ्यों की जगह ले लेती हैं, सुविधा धैर्य का स्थान लेती है, और अर्थ शोर में घुल जाता है।

इसमें शामिल है पुनर्निर्माण प्रक्रिया– स्पष्टता, ज़िम्मेदारी और मानसिक स्वाधीनता को पुनः पाने का एक सुव्यवस्थित मार्ग, ऐसी संस्कृति में जो आक्रोश की लत से ग्रस्त है।

घास को मत छुओ

कल्याण-कल्पनाओं, आध्यात्मिक शॉर्टकट्स और उस आत्म-भ्रम का हास्यपूर्ण, निर्मम पर्दाफ़ाश, जिसके सहारे लोग वास्तविक काम से बचते हैं।

इसमें शामिल है भूमि-संयोजन ढाँचा– "उपचार प्रवृत्तियों" से थके लोगों के लिए चरण-दर-चरण पुनर्संयोजन, जो दिखाता है कि वास्तविक बदलाव उबाऊ, अलंकरण-रहित कर्म से शुरू होता है।

बीते समय की समझदारी

एक शांत मार्गदर्शिका – जो बिना दबाव के खुद को फिर से सँवारने में मदद करती है।

पुरानी, कालातीत बुद्धि से प्रेरित, जो सिखाती थी कि "जीना" सिर्फ "बचना" नहीं होता।

छोटे कदम, ईमानदार पल, और आगे बढ़ने का एक नरम रास्ता।
देखभाल से लिखा गया – क्योंकि इसकी अहमियत है।

वास्तविकता का युग

एक सुकून भरी, आत्ममंथन से भरी कहानी – एक ऐसे युवा की, जो गहरे नुकसान के बाद अपनी ज़िंदगी को फिर से संवारने निकल पड़ता है। दर्द का सामना करना, अपनी सीमाएँ तय करना, और शांत धैर्य के साथ आगे बढ़ना – यही उसकी नई राह बनती है। वन के सिद्धांत के माध्यम से यह पुस्तक उन सभी के लिए एक कोमल और सहारा देने वाला मार्गदर्शन प्रस्तुत करती है, जो खुद को जीवन में अटका हुआ महसूस करते हैं। यह दिखाती है कि छोटे-छोटे कदम, बिना दोषारोपण के उपचार, और सोच-समझकर लिए गए निर्णय कैसे केवल जीवित रहने से आगे बढ़कर जीवन को सचमुच जीने योग्य बना सकते हैं।

अप्रकाशित कार्य

The Sledgehammer – एक पूर्ण पांडुलिपि, जिसे लेखक ने प्रकाशित न करने का निर्णय लिया।

आप जिस व्यक्ति होने का दिखावा करते हैं, उसकी दो-दिवसीय आंतरिक जाँच:

भ्रम-भरे रविवार, और टूट-फूट वाले सोमवार। कुछ विचार असर करते हैं; कुछ केवल निंदक दृष्टिकोण बढ़ा देते। यह पुस्तक लिखी गई थी, पर गहरी सोच-विचार के बाद जानबूझकर रोक ली गई।

शीर्षकों को जानने के लिए देखें: **www.theageofinsanity.com**

पागलपन का युग

सम्पूर्ण संकलन

पाँचों पुस्तकें। एक ही खंड।

इस संस्करण में *उन्माद का युग* शृंखला की पूरी रचनाएँ सम्मिलित हैं—एक ही प्रवाह में, एक ही यात्रा के रूप में। हर पुस्तक अपने मूल स्वरूप में पूर्ण रूप से प्रस्तुत है, अब एक साथ जुड़कर एक सम्पूर्ण मार्ग बनाती हुई।

- पागलपन का युग → पागलपन को नाम देता है
- हवा में जीने की आदत → झूठे पलायन का उपहास करता है
- 1825 डिनर पर आया → विरोधाभास को उजागर करता है
- बीते समय की समझदारी → भूले हुए संतुलन को वापस लाता है
- वास्तविकता का युग → सिद्धांतों को जीता है

अलग-अलग पढ़ने पर, हर पुस्तक अपने आप में पूर्ण है। एक साथ पढ़ने पर, ये एक ही चाप बनाती हैं—पहचान से उपचार तक, शोर से उपस्थिति तक।

यह संकलन कोई सार नहीं है।
न अंश।
न टीका-टिप्पणी।

यह पूरी शृंखला है—एक ही जिल्द में।

यदि एक पुस्तक ने आपको छुआ, तो यह पूरा रास्ता है।

www.ingramcontent.com/pod-product-compliance
Lightning Source LLC
LaVergne TN
LVHW100332210926
848480LV00003B/1309

* 9 7 9 8 9 0 3 4 2 0 9 5 7 *